海よりもまだ深く

是枝裕和　佐野 晶

幻冬舎文庫

海よりもまだ深く

1

まったく台風の多い年だった。まだ一月のうちに異例の発生をしてニュースになった。台風が本土に上陸するのは夏から秋にかけてと相場は決まっていたが、日本にも五月の中旬には上陸した。

さらに梅雨も明けないうちに日本を横断した。小学校が夏休みに入るのとほぼ同時だった。それからも続々と発生しては上陸を続けて、日本各地に大きな被害を出した。台風との因果関係は不明だが、気温も安定しなかった。猛暑日が何日か続くかと思えば、いきなり冷え込んでタオルケットを二枚重ねて掛けねば眠れないほどだったり。

とはいえ猛暑日は少なく、総じて夏は過ごしやすかった。

台風は九月の中旬を過ぎても、狙《ねら》い澄ましたように日本に向かって進んでいた。

「こう多いとさすがにうんざりね」

テレビのニュース番組が伝える新たな台風発生の報を聞きながら、中嶋《なかじま》千奈津《ちなつ》は独りごちた。だが部屋の中に話し相手となる母親はいない。台所からすぐのベランダに出ていた。もとより千奈津も返事を期待しているわけではない。ただ口をついて出ただけの言葉だ。

返事の代わりのように、ベランダから干した布団を叩《たた》く音が聞こえてきた。

コンロの上には家で一番大きな鍋がかけられて、煮物の香ばしい香りが漂ってくる。

煮物は千奈津の子供の頃からの好物だ。特に味の染みたこんにゃくが好きで、先に拾って食べてしまっては叱《しか》られたものだ。

千奈津はその味に釣られて母親の代筆をしている。台所の古びたテーブルに向かって、新年に届いた年賀状の差出人を見ながら、はがきに万年筆で宛て名を書いていく。

そこにベランダからガタガタと音を立てながら、千奈津の母親である篠田《しのだ》淑子《としこ》が布団を抱えて現れ「思い出した」と言った。

千奈津は筆を止めずに書き続ける。

「ジャネットよ。ジャネット・リン」

そう言って淑子は満足そうに笑った。

一瞬、千奈津は戸惑った。なんの話だったか。

しかし、すぐに思い出した。それは二時間も前の話題だった。千奈津が下の娘にフィギュアスケートを習わせたい、と相談を持ちかけた時のことだ。フィギュアのレッスン料があまりに高額だったために母親に〝相談〟が必要だったのだ。すると淑子がカルピスのテレビコマーシャルに外国のフィギュアスケートの可愛《かわい》い女の子が起用されたことがあったけど、名前が思い出せない、と言い出したのだ。

札幌オリンピックが一九七二年で、そこで人気者になったのだ、というところまでは当時六歳の千奈津が思い出したが、どうしても名前が出てこない。

淑子はもちろんだが、千奈津はガラケーなので、ネットにアクセスして調べようとはしなかった。

いつものように、その話題は唐突にまったく違う話に移行していき、どこかに置き忘れられた。往々にして思い出せない名前は、少し間に合わないタイミングで思い出されるものだった。千奈津たちが帰ったあとに。

だがこの日は間に合ったのだから、淑子は気分が良さそうな笑みを浮かべている。

「ああ、そうそう。リンね。金髪で、こういう髪で」

千奈津も合点がいって手を止めて大きくうなずいた。そしてジャネット・リンのマッシュルームのようなショートカットを手で再現してみせた。

「尻餅ついたのに満点だったの。わけ分かんないわよね。フィギアって」

正確にいうと満点だったのは芸術点だけで、技術点では転倒によって大きく減点されていた。それでもリンは銅メダルに輝いたのだ。だが千奈津が気になったのは別の問題だった。

「フィギュアよ。ギュ」

「ああ、ギュね。ギュ」とまるで歌うように繰り返しつぶやく。覚える気はさらさらないようだ。

淑子は「どっこいしょ」と布団を台所の続きになっている居間に放り投げて、その脇にちょこんと座ると、洗濯物を畳み始めた。

千奈津はまたテーブルに向き直ると、重ねてある今年の年賀状の一枚を手にした。

千奈津が書いているのは喪中はがきだった。最初に母親が喪中はがきの心配をし出したのは台風が初めて日本に上陸したゴールデンウィークの頃だ。十一月中に出せば間に合うから急がなくていい、と千奈津は言ったのだが、「早めにアレしないとアッチが年賀状用意しちゃうから」としつこいほどに言い募って千奈津に書かせているのだ。〝アレ〟は淑子の口癖だった。昔からなんでも「アレ」で済ましてしまう。

千奈津は年賀状の裏表を見てフ〜ンと声を出した。富士山の絵が印刷された表には印刷で新年の挨拶があり、宛て名も差出人も印刷で、自筆の文字は一つもない。

「柳田《やなぎだ》さんって会社の人だっけ？」

するとすぐに淑子が居間でうなずいて「成増《なります》の工場ん時の部長さん」と言ってから顔をしかめた。とはいえその顔には険《けん》はない。どこか面白がっているように見える。

「その人にお父さん、何度もお金借りて、そのたびに私が板橋《いたばし》の兄さんとこに頭下げに行ってさ……」

地雷を踏んでしまった、と千奈津は遮《さえぎ》った。

「良かったじゃない。もうそんな心配もなくなって」

そう言って千奈津は、四畳半を振り返った。母親の悪口を父親が首をすくめて聞いているのではないか、とでもいうように。

四畳半の整理箪笥《だんす》の上に小さな箱型の仏壇が置かれていて、その前にまだ真新しい遺影が飾られている。淑子の夫である真輔《しんすけ》が、前触れもなく突然に亡くなったのが桜の季節だった。七十四歳の早い死だ。

写真の前に大福が供えられていて、線香が一本、煙をたなびかせている。大福は千奈津がパートで働いている和菓子店「新杵《しんきね》」のものだ。

「喧嘩する相手がいなくなって、やっぱりちょっとアレなんじゃないの？」

淑子の口癖の〝アレ〟は千奈津にもうつっている。

だが母親は洗濯物を畳む手を止めようともせず「全然」とにべもなく言って続けた。

「もう本当にせいせいした……」

父親の愚痴《ぐち》が始まる、と思い、また千奈津は遮った。

「ボケるわよ。一人でボーッとしてたら。友達作りなさいって」

すると即座に淑子は返した。

「この歳でそんなもん作ったって、お葬式に出る数、増えるだけですよ」

千奈津は小さく吹き出してしまう。昔から毒舌《どくぜつ》の切れ味は抜群だ。当分は認知症の心配はないな、と心の中で思った。心配なのは、とみに弱ってきた足腰だけだ。

淑子は洗濯物を箪笥にしまうと、コンロにかけられた鍋の煮物を菜箸《さいばし》で突《つつ》いた。煮汁を一滴、手の甲に落として味を見る。まだもう少しのようで、コンロの火を細めた。

「こんにゃくはゆっくり冷ますと味が染みるのよ。人とおんなじで」

好物だから、当然、千奈津も煮物に挑戦した。何度も母親に調理の仕方を習ってから家に帰って作ってみるが、どうしてもその味にならない。

母親は「こまめに味見しなさい」「メモとりなさい」と注意したが、千奈津は一向にその注意を聞き入れようとしなかった。

そのうちに千奈津は、家が近いのだから食べたくなったら作ってもらえばいい、というスタンスに切り換えたのだ。煮物目当てとは言えないが、千奈津は二十年前に結婚して家を出てから、ずっと実家の近隣に住み続けている。子供ができたりしてマンションは何度か転居しているが、自転車で実家に戻れる場所を選んでいた。

「明日、みのりのお弁当に入れてあげよ」

千奈津の長女のみのりは中学三年生で、母親と同じくこんにゃくが好物だ。次女の彩珠《あじゅ》は小学四年生。こちらはこんにゃくに興味がなく、煮物をメインに弁当を詰めると〝茶色っぽく〟なって見栄えが悪いからやめて、と文句を言う。もっとも二人とも基本は給食なので弁当は明日のように校外授業などがある時に限られる。

「鶏肉は少なめにしといたけど……」と淑子が鍋を見守りながら言う。

「いいわよ。もう肉より魚のお年頃ですから」

思春期の頃に千奈津は突然肉食になった。こんにゃくの代わりに鶏肉を独り占めしてまた叱られたものだ。だが千奈津もすでに中年――それも〝後期〟になっている。

「でも正隆《まさたか》さん、まだ若いんだから物足りないんじゃないの？」

「全然。もうすっかり色んな欲が抜けちゃって。もう五十ですからね。煮物と同じでもう少し寝かせないといい味が出ないかな、なんて。ハハ」

淑子は娘と婿の生々しい話を聞き流して、急須のお茶を湯飲みに注ぎながら、千奈津の書いたはがきの宛て名を見て渋い顔になった。

「あんたさぁ……。〝田〟の字がこんな撫《な》で肩になっちゃってんじゃないの」

「私は元々ヘタなの。お母さんに似たんです」

「私はそんなにヘタじゃないですよ」

「だったら宛て名ぐらい自分でアレしなさいよ」

「指が動かないって言ってんじゃない」

そう言いながら、淑子は指をヒラヒラと動かしてみせる。

「動いてんじゃん……」

千奈津が文句を言おうとすると、淑子は急須を持つ手をわざと小刻みに震わせる。急須のフタがカタカタと音を立てた。

「やめなさいよ。ドリフじゃないんだから」

千奈津がイメージしていたのは志村けんだったが、どうやら淑子の頭にあったのは加藤茶のようだ。だが二人は声を立てて笑う。

淑子は切手を取り上げると、それを舌で湿した。一枚ではない。一気に五枚分ほど大口を開けて舌をべろりと出すとたっぷりと舐《な》めている。そして、一枚ずつ切り分けて書き終えた喪中のはがきに貼っていく。

千奈津は脇に寄せられていたはがきを手にした。それは宛先不明で戻ってきた父親の書いた賀状だった。筆ペンでは出せない濃淡がある筆文字で達筆だった。

「でも、お父さん、字はうまかったわよねぇ」

千奈津はまた父親の愚痴を引き出してしまったか、と思ったが、母親は微笑した。

「それだけが自慢だったからねぇ。年賀状がみんな印刷んなっても自分だけこうやって」と背筋を伸ばして神妙な面持ちになって真輔を真似る。

「墨汁も使わないで、墨すってたんだから」と淑子は鼻で笑った。

「そうだった、そうだった」と千奈津も背筋を伸ばして真似る。

淑子は娘の手からはがきを取って、その端正な楷書《かいしょ》をしげしげと見つめている。

「手間かかるだけで、もらった方はありがたくもなんともないわよねぇ。こんなの」

母親の毒舌に乗る気は千奈津にはなかった。別の年賀状を取り上げてその差出人の住所を見て驚きの声をあげた。

「あら、芝田《しばた》さん引っ越しちゃったんだ」

淑子の部屋は西武《せいぶ》線沿線の団地の四階にあった。四十年前に練馬《ねりま》の借家から転居してきたのだ。３ＤＫの賃貸物件。ここで篠田家は千奈津と二歳下の弟の篠田良多《りょうた》を育て上げた。旭が丘《おか》という名前とともに輝いて見えた団地もずいぶんと老朽化《ろうきゅうか》している。それとともに住民も高齢化した。

芝田家は南側の分譲棟に住んでいた家族だ。良多と同級生の男の子がいて、なにかと付き合いがあった。

「息子が一戸建て建てたんだって。西武住宅に」

浮かない顔で淑子は告げた。同じ団地の仲間が、息子の建てた一戸建てに引き取られるのはうらやましいのだろう、と千奈津は思った。しかも西武住宅といえば通りを挟んで団地の向かいにある、住民の誰もが憧れる分譲地だ。

「すごいじゃない。でもあの子、中学ん時なんかパッとしない子だったけどね」

いつもポカンと口を開けていて、ぼんやりしているような印象が千奈津にはあった。

「大器晩成《たいきばんせい》ってヤツなんじゃない」

これまた面白くなさそうに淑子はぼやいた。

「うちにもいるけど、一人。大器が」

千奈津が笑いながら言うと、淑子は笑い声ともため息ともつかない息を吐いた。

「ま、大きいことは、大きいけどね」

言いながら淑子は娘に向かって子供のように舌をペロリと出してみせた。

平日の昼下がりの西武池袋線下り電車内は閑散としていた。にもかかわらず篠田良多は座席に座らずに窓際に立って車窓を覗《のぞ》いている。身長が高くてかがみ込まないと窓の外が見えない。

冷房が利きすぎていて少し寒いほどだった車内から、良多は目的地である清瀬《きよせ》駅に降り立った。もう九月も下旬になるというのに暑かった。日差しが焼けるようだ。

エスカレーターでホームから駅舎に上がるといい匂いがしていた。立ち食いそばの匂いだ。懐かしかった。朝食を食べていなかったので郷愁《きょうしゅう》よりも空腹のため、そのまま店に入った。店の様子は昔のままだが、店名が狭山《さやま》そばから秩父《ちちぶ》そばに変わっている。財布から四百円を取り出してカウンターに置いて天ぷらそばを注文した。冷たいそばも考えたが、温かいそばつゆが懐かしかった。

「あ、お客さん、そこに券売機あるから」と初老の男性店員が店の外を指さす。

「え？」と良多は一瞬戸惑った。

昔は券売機などなかった。食べずに出ようと思ったが、空腹に負けてすごすごと外に出て券売機で天ぷらそばを買おうとした。

だが、四百五十円に値上げされている。財布には一万円札が一枚と千円札が二枚。百円玉が四枚に十円玉が二枚。千円札を崩すのが嫌だった。崩してしまうとあっと言う間に金は消えてしまう。

大の大人が三十円をケチるのは嫌だったが、背に腹は代えられない。良多はその隣にある四百二十円の春菊天玉そばのボタンを押した。

バスに乗り込むと案外に混んでいる。良多は一番後ろの席に座った。身体の大きな良多にはバスの一人掛けの座席はかなり窮屈だ。

　良多は車内を見回して、そのほとんどが高齢者であることに驚いていた。とある停留所にバスが止まると高齢者たちが降りていく。

「あら、あなた傘忘れてるわよ」と座席に置き忘れた傘を届けた老婦人と届けられた老婦人。雑談を交わしながら降りていく。会話の内容から察するに顔見知りではないのに、バスを降りてからも話し続けている。良多が外を見るとそこには真新しい大きな老人施設があった。入居者への見舞い客やデイサービスの利用者たちなのだろう。

　駅からきっかり十五分で目的の団地センターに到着した。〝団地センター〟という停留所の名は残っているが、〝あさひがおかぐりーんモール〟という名前の商店街に変わっている。こちらには新しいスーパーマーケットがあって、昔ほどではないが賑《にぎ》わいが感じられる。

　だが向かいにある西武商店街は閑散としていた。アーケードに連なる店の半数ほどがシャッターを閉めたままになっている。かつては歩くのに苦労するほど人が溢《あふ》れていたのに、と良多はしばし立ち尽くして錆《さ》びかけたシャッターが並ぶ光景を見つめていた。

　だが良多の顔に小さく笑みが広がった。その視線の先には営業中の洋菓子店「ホルン」があった。安くておいしいケーキが昔から人気だった。

千円札を渋々崩して買ったのは、母親の好きなチョコレートケーキだった。一つにしようかと迷ったが、困窮《こんきゅう》を知られたくなくて二つ買う。自分の分は昔からの好物のモンブランにした。店を出ると、汗をかいたせいか、そばつゆを飲み干したせいか、猛烈に喉が渇いて、自販機で冷たいコーラを買ってしまった。やはり札を崩すと、簡単に消えてしまう、と思いながらもゴクゴクと喉を鳴らして飲んだ。

団地の中を進むと、平日の昼であることを差し引いても人がいない。公園にさしかかったが、遊ぶ子供が一人もいない。昔は子供たちに人気だったタコをかたどった滑り台の周りには、カラーコーンが置かれて立入禁止になっている。コンクリート製なのだが、見たところ壊れているようでもない。

人の姿を見かけないままに、母親の住む2－4－1号棟にやってきてしまった。棟を見上げる。外壁を塗装し直したのが何年前だったろうか。少なくとも十年は経《た》っている。外壁ばかりが鮮やかで浮ついて見えたものだが、だいぶ馴染《なじ》んできているようだった。古い団地なのに掃除が行き届いているし、花壇の植栽も手入れがされていて綺麗なのは昔と変わらない。だがどことなく暗いような気がした。

「篠田くん」と背後から呼びかけられて良多は振り返った。

中学時代の同級生の中西夏実《なかにしなつみ》だった。自転車の駐輪場からスーパーのレジ袋を提げてやってきた。化粧っけもなく、首のあたりが伸びてしまっているTシャツを着て、生活感が溢れている。レジ袋から飛び出しているネギも……。そう思いながらも良多も人のことは言えないな、と苦笑を浮かべた。

「珍しいねー、元気？　どうしたの？」

一度に色々なことを尋ねられて、良多は戸惑った。

「ああ……ちょっと親父の葬式の後片づけとか、まだアレしててさ……」

良多の言葉はどこかしどろもどろだった。だが夏実はお辞儀をした。

「その節は御愁傷様《ごしゅうしょうさま》。急だったわねぇ、お父さん」

夏実の両親は健在だったろうか、と良多は思ったが、団地に戻る機会もほとんどなかったから情報がない。頭を下げて応じるだけだ。

「ああ、どうも。どっちかっていうと母親の方が先にアレかと思ってたんだけど」

返答に困るようなことを良多は口走ったが、夏実は軽く流した。

「でもさぁ、周りは楽よ。ポックリが」

「だよなあ。寝たきりとかになられてもなあ」

「ほんとにそう。ポックリが一番」

夏実の声に実感がこもっているので、両親が寝ついているのか、と良多は思ったが、あることを思い出した。

「夏実ちゃん、杉並《すぎなみ》の方にアレしたんじゃなかったっけ？」

　杉並の土地持ちの年下の男と結婚して話題になったのだ。

「戻ってきたのよ」

　それはつまり離婚して出戻ってきたということなのだろうか、尋ねていいものか、と迷っていると、夏実が言葉を継いだ。

「ほら、去年、ここで孤独死があったでしょ？」

「そうだっけ？」

「そうなのよ。5-3-5。三週間もよ」

　夏実は大げさに顔をしかめてみせる。そうすると平板な顔がちょっと迫力のある顔になる。

「そうなんだ」

「だからそれで心配んなってさ、うちも」

「親孝行なんだな」

　夏実は「ううん」と首を振って笑った。

「うちって2DKじゃない。狭くて大変だけど、ここ安いから家賃」

「そうだよなぁ」

「だから帰ってきてる子、いるよ。みゆきとか。あ、みゆきんトコはバツ2だけどね」

「へえ、山下《やました》さんバツ2かあ」

快活で可愛らしかったという記憶が良多の頭をよぎった。

「でも、篠田くん、頑張ってるよね」

夏実の言葉に良多は身構えた。

「いやあ……」と言葉を濁す。

「こないだも、よしみと話してたんだよぉ。希望の星だよねって」

「希望って……」

笑って話題を変えようとしたが、夏実に先を越された。

「ご両親、喜んだでしょう？ 賞もらって」

「そんなことないよ。親父もお袋もそういうのに縁がない人たちで。特に親父なんて死ぬまで一冊も小説読んだことないような人だったしさ」

夏実が口を開こうとしたのを露骨に遮って良多は話を変えた。

「よしみかあ、懐かしいなあ」

「今、こんなんだけどね」と夏実はお腹周《なか》りが、自身の倍ほどの太さになっていることを手で示した。

「そうなんだあ」と良多は笑ってみせた。

良多の気のない返事に夏実は敏感に察したようで話を切り上げる。

「今度、集まろーよ。みんなで同窓会」

「同窓会かあ、そうだな……」

良多は思わず表情を曇らせてしまった。

その表情に気づいたのか、夏実はすぐに手を振って離れていく。その後ろ姿を見ながら良多は、なぜ受け流せなかったのか、と悔やんだ。同窓会など社交辞令に過ぎない。だが万が一応じたことがきっかけで会が開かれたりすると厄介だ。夏実は敏感だったが遠慮のないヤツも多い。そこで曖昧《あいまい》にごまかし続ける時間を考えただけで気分が悪くなる。

良多はその気分を振り切るように大股に歩きだした。


部屋は四階にあった。階段を上がろうとすると遠くから聞き慣れない音が聞こえた。拡声器から聞こえる人声だ。耳を澄ますと「本日、午前七時頃から、八十二歳の女性が行方不明になっています。服装はベージュのズボンに……」と聞こえた。迷子になった老人の捜索を呼びかけているようだった。

夏実の孤独死の話も相まって良多はこの団地が〝老い〟を迎えていることに改めて気づか

された。

そう思いながら四階まで上がっていくと結構な運動量だ。母親が「きつい」と言うのも無理もない。

部屋の前でブザーを押したが、返事がない。鍵がかかっている。良多は脇にある牛乳瓶置きを開けて、底に敷いてあるチラシをめくった。そこに鍵が隠してある。これは昔とまるで変わらない。

表札の〝篠田〟という文字は真輔が筆で書いたものだ。父親は表札用にわざわざ高級な半紙を買ってきたのだ。母親が「チラシの裏で良いのに」と文句を言い続ける横で、父親が神妙な面持ちで墨をすっていた姿が、どことなくユーモラスで良多は忘れられない。

ドアを開けて一応声をかける。

「留守かな？　入るよ」

やはり返事はない。靴を脱いで上がると、まっすぐにかつて姉の部屋で、現在は仏間になっている四畳半に向かった。目当てのものは押し入れにあるはずだ。

押し入れの上の段には布団が積んであり、下の段には小さな整理簞笥が入っている。

その隣に父親の物が放り込んであるはずだった。結局長続きしなかった釣りの道具や、まるで使われずに錆び付いてしまっている大工道具などだ。だがそれがまったく見当たらない。

綺麗になくなっているのだ。当然ながら目当てのものも見つからない。

整理簞笥も開けてみたが、母親の衣類が綺麗に畳んでしまわれているばかりだ。

良多はため息をついて押し入れを閉めると仏壇に目を移した。父親の遺影が視界に入るが、目を逸《そ》らした。仏壇の下にある整理簞笥の一番上の小さな引き出しには〝金目〟のものがあったという覚えがうっすらとある。

良多は引き出しを開けながら、仏壇に供えてあったいびつな形の豆大福を一口かじった。ちょっと固くなってしまっている。天ぷらそばが、春菊天玉そばになってしまったので、まだ少し空腹だったが、食べる気が失《う》せた。

引き出しを開けると出てきたのは質札《しちふだ》だった。何枚もある。日付はいずれも平成に入ってからのもので、十年以上の時間が経過している。つまり質屋に預けたこれらの品は全部流れてしまったのだ。

それでも良多はその質札を一枚ずつ見ていく。千円なんてものもある。〝女性用腕時計(セイコー)〟だ。母親のものに違いない。中には二万九千円という高額なものがあった。〝西陣織《にしじんおり》袋帯〟。もちろん母親のものだ。母親の実家は裕福だったから、嫁入りの時に持ってきたものだろう。質札はすべて父親の名になっているから無断で持ち出したに決まっている。

「高松塚もかよ」と思わず良多は口走っていた。

当時まだ幼かった良多が郵便局の行列に並んで、三種類の高松塚古墳の記念切手をシートで買ったのだ。勉強机の引き出しに切手帳を入れていて大切にしていたはずだが、いつのまにか無くなっていた。大学を卒業して家を出た時に、机も持っていった。時折、切手帳のことを思い出して捜したが出てこなかった。引っ越しのどさくさに紛れて父親が持ち出していたのだろうか。質札にはわずかに三千五百円と記載されている。しかし、あの切手帳にはそれ以外にもたくさんのシートや切手があったはずだ。恐らくそれらもすべて換金されたのだろう。

他にも碁盤と碁石、ビール券など手当たり次第に質入れしていて、品物の割りには高い金額を得ていた。

良多は質札を戻すと、その手前にあった宝くじの束を見つけた。年末ジャンボやサマージャンボなどあらゆる種類の宝くじだ。父親が番号を確認せずに引き出しに押し込んでいるとも思えなかったが、万が一ということもある。良多はそれをすべてポケットにねじ込んだ。

さらに引き出しを開けていくと、母親の下着がどっさり詰め込まれた引き出しを開けてしまって慌てて閉めた。罰が当たった。

それでも別の箪笥を探していると、見覚えのあるカメラが出てきた。デジタルではなくフィルム式の古いものだが、国産の一眼レフだ。いくらかにはなるだろう。

その時、玄関で物音がした。良多は動きを止めて耳を澄ました。間違いない。鍵を開けようとする音だ。その音を聞き逃さないために鍵を閉めておいたのだ。

足音を忍ばせながらも素早く動いて、良多は台所の椅子に置いてあったカバンにカメラと宝くじの束を押し込んだ。

「アレ？　良ちゃん？」

良多の靴を見たのだろう、母親の声が問いかける。どこかはしゃいでいるような声に、良多は小さく良心がうずいた。もう一度カバンを確認すると宝くじがはみ出ている。それを押し込んで隠した。

その直後に母親の淑子が顔を出した。何事もない風を良多は装う。

その良多を淑子はじっと見る。心の中まで見透かされてしまいそうで、良多は視線を逸らした。

「来るなら来るって言いなさいよ」

「悪い、悪い」

「なに？」とまた淑子は良多を見る。

「いや……」とまた気もそぞろな返事になって、言い淀《よど》んだ。

「なによ？」

問い詰めるような口調ではないのだが、淑子には芯の強さがあった。ごまかしたりすることなどできない。それは恐らく父親との関係の中で培《つちか》われたものだ、と良多は思っていた。諦《あきら》めて口を開く。

「形見にさ。親父のもの、なんか欲しいなって、思ってね」

さらに買ってきたケーキを差し出して「ホルンのチョコレートケーキ買ってきた」と笑顔を見せた。

「なに？　お金？　口んトコ白いのついてる」

やはりごまかしはまったく効かなかった。まったくもって勝ち目がない。図星だ。しかも豆大福のつまみ食いまでバレている。諦めて正直にならざるを得なかった。

「いや、ほら、掛け軸あったろ。お宝なんとかって番組に出したら、三百万ぐらいするって言ってた……」

「なかったわよ、そんなもん。なに？　困ってんの？」

心配する風でもなくさらりと言って、淑子は居間で帽子を脱ぎ、髪を手で整えた。そして薄手のスモックを脱いだ。

「困ってないって。ボーナスだってちゃんともらったし」

「いくら？」

ズバリと尋ねられて、また良多ははぐらかす。

「まあ、金額はいいじゃん」

すると淑子は笑った。

「あんた嘘《うそ》、ヘタなんだから。お父さんと違って」

良多は負けを認めざるを得なかった。反論しても深みにはまるだけだ。しかも嘘がヘタとは、職業上の致命的欠陥を指摘されたようなものだ。

良多のお腹に淑子はふざけてパンチを入れた。不意をつかれて良多は「ウッ」とうめき声をあげたが、それでも食い下がった。

「ホントになかった？　こういう長細い木の箱に入ってたやつ」

確かに見た覚えがあるのだった。父親が自慢げに押し入れから取り出した、長細くて年季の入った木箱を。そこには墨で文字が書きつけてあって、長い年月を経て薄くなっていた。その古びた感じがなんとも高価そうに見えた。

「お父さんのものなんか、お葬式の次の日に全部捨てちゃったわよ」

淑子は台所に戻ってくると手にしていたビニール袋をテーブルに置いた。ビニールから中にＣＤが入っているのが透けて見えた。〝ベートーベン〟という文字が見える。

「捨てちゃったの？　全部？」

「うん」

「マジ？」

「とっといたって場所取るだけだもん」

良多は大きくため息をついて力なく椅子に座った。こうやってどれだけの高価な骨董《こっとう》がごみクズとして消え失せていることか。三百万、と良多は声に出さずに嘆いた。そして思わず母親を非難した。

「ひでぇな。五十年も一緒にアレして、そんなもんかね」

淑子の口癖は当然ながら良多にもうつっている。〝アレ〟を使わないのは父親だけだった。

「なに言ってんの。馬鹿ね、あんた。五十年も一緒にアレしたから……そんなもんなのよ」

良多はため息をついて「深いね」とつぶやいた。

「深いでしょ」と言いつつ淑子は冷蔵庫を開けて土産《みやげ》のケーキをしまうと、中の冷気を浴びてため息をついた。

「そうか、ないんだ、雪舟《せっしゅう》」と口の中で良多はつぶやいて肩を落とした。

「暑いわね、今日」と淑子は冷蔵庫のドアを開け閉めして〝扇《あお》ぐ〟。

「スモックなんか着てるからだよ。半袖で正解だったよ」

すると淑子は冷凍庫の中をかき回して「あったあった」と小さなコップに入ったカルピスを凍らせた〝アイス〟を二つ取り出し、一つを良多の前に置いた。

「ほら、ちょうど二つあった」

「いいよ、もう夏じゃないんだから」

「今日も三十度超えたんだってよ。どうかしてますよ」

良多は前に置かれたアイスを指で突いた。カチカチに凍っている。

「固くて食えないよ。アイスぐらい買えばいいじゃん。年金もらってんだから」

「買っておいても千奈津んトコのが、ぜ〜んぶあっと言う間に食べちゃうから。これなら食べんのに時間がかかってちょうどいいのよ」

母親のこの理屈は良多が幼い頃から変わらない。ケチなだけではない。その底にはぬくもりがある。結局のところ良多も千奈津もこの〝アイス〟が好きだった。夏になるとふと思い出すのだ。

淑子が渡した先端にギザギザのついたグレープフルーツ用のスプーンも懐かしい。良多は不満げにしながらもスプーンを手にして〝アイス〟を突きだした。

「姉さん、よく来んの？」と立ち上がりながら良多は尋ねた。

「なんで？」

「いや、大福あったからさ。できそこないの」

千奈津が和菓子の老舗《しにせ》「新杵」でパートをするようになって七年になる。以来、母親の家を訪れるたびに手土産に持ってくるのは、皮が破れていたりして見栄えが悪くて安売りしている和菓子だった。それでも味に変わりはないのだから、実利的な淑子は喜んだ。正規の値段で買えば決して安い菓子ではない。

「ご飯のおかずに困ると来るわね」と淑子は笑った。

「気をつけた方がいいよ」

「なにが？」

「いや、なに企《たくら》んでるか、わかんないよ、アイツ」

良多の言葉を聞いて淑子は吹き出しながら言った。

「もう、かじるようなスネは残ってませんよ」

その言葉に良多も力なく笑った。そのスネをしゃぶろうと掛け軸を狙ったのだから。

スプーンでアイスの表面を削ると、プンとなにか匂った。

「これ、いつんだよ。冷蔵庫臭いよ」

冷蔵庫特有の匂いがしみついてしまっているのだ。ラップでもかけていれば匂い移りもないのだろうが、ラップなど〝無駄〟と母親は判断するに決まっている。

淑子も鼻を近づけるが「上んトコを削っちゃって避《よ》けとけばいいのよ」と言いつつも自分は平気で口に運んでしまう。

テーブルの上にあるCDを良多は手にした。

「クラシックなんて誰の影響よ？　長岡《ながおか》さんだ」

〝長岡さん〟は母親の友人だ。夫は普通のサラリーマンで、篠田家と同じ賃貸組だが、結婚記念日のたびに夫婦で何万円もするクラシックのコンサートに行くという話を良多も聞いたことがあった。

だが淑子は首を振った。そして珍しいことに口ごもった。

「……あ、いいじゃないよ、誰だって」

ちょっと不愉快そうな顔になった――というよりそうすることで、質問を続けさせないようにしている、と良多は思い少し楽しくなって、からかった。

「前は毒蝮《どくまむし》のラジオ、喜んで聞いてたのに」

「アレはアレ。コレはコレよ」

淑子はもうすっかり自分のペースを取り戻してしまった。良多はテーブルの上に置かれていた小さなCDラジカセを手にした。新品だがスピーカーが一つしかなくてクラシックには向かないように良多には思えた。

「ちゃちだなあ。クラシック聴くならもっといいやつ買えよ。ロボットみたいじゃん」

「形はアレだけども。それ、お風呂場持ってけるし……」

「防水なんだ」良多は、母親が風呂場でクラシックを聴きながら鼻唄をうたっている姿を想像して吹き出しそうになった。でもそれは楽しげだった。

「通販で買ったんだけどね。当たりだったわ」

最近の家電は小さくても音が良かったりするのかもしれない、と良多も思い直した。

そこで会話が途切れた。二人ともアイスを突き崩すのに夢中だった。

「固すぎた？」と淑子が笑ってしまう。

「カルピス、ケチりすぎだろ」

糖度が低いせいで、真水を凍らせた時のようにカチコチに固まっていた。

良多はカメラの値段と宝くじの当落が気になって気もそぞろだったが、すぐに帰ると言えば母親が寂しがるのが分かっていたから、なかなか言い出せなかった。

そこでベランダに出てタバコを吸うことにした。

ペットボトルに水を汲《く》んでいた淑子が、後を追うようにしてベランダに出てくる。ペットボトルの口には見慣れないキャップが取り付けてある。小さなジョウロになっているのだ。

それはペットボトルでプランターや植木鉢などの植物に水やりするための道具だった。

良多はタバコを燻《くゆ》らせながら、向かいの棟を見ていた。キャノピー付きの三輪のオートバイが停《と》まっていて、荷台から商品を取り出してはレジ袋を持って若い男が階段を駆け上がっていく。団地センターにあるスーパーのサービスのようだ。

「へー、運んでくれるんだ、スーパー」

ベランダにはかなりたくさんの植木鉢があって、順番に水をやりながら淑子が答えた。

「そうよ。三階より上はね」

「便利になったな」

「歳取って身体が不便になったからね」

牛乳やジュース、米など重いものを買うと、上まで運び上げるのは若い者でも一苦労だった。年寄りには酷だろう。

「静かだな」と良多はぽつりと言った。

「もう遊ぶ子供もいないから」

「俺らの頃は野球するんで、芝生んトコなんか奪い合いだったけどな」

芝生と言っても今のように青々としていない。いつもそこでは子供たちが野球をしていたから、芝生などみんな枯れてしまって隅にちょっぴり生えている程度だった。もう芝生で遊ぶような子供はこの団地にはほとんどいないのだ。

昔は帰宅の早い下級生に陣地取りをしておくように命じたり、あの手この手を使ったものだ。ところがそれを年長のガキ大将に横取りされて……。懐かしさが良多の胸に込み上げてきた。

「それで、好きな子のベランダにわざとボール入れたりしてさ」

しかし、当然ながら、ボールを拾ってくれるのは、目当ての子ではなくお母さんで、何度もやっているとこっぴどく叱られたりした。

すると淑子が「ああ」と水やりしながら言った。

「そう言えば夏実ちゃん戻ってきたんだよ、子ども連れて」

それは先ほど下で会った〝杉並にアレした夏実〟だった。

「ああ、さっきそこで会ったよ」

「浮気がバレて、旦那に捨てられて……」

「え？　そうなの？」

離婚したのだろう、とは思ったが、夏実の浮気が原因とは意外だった。

「団地中の噂《うわさ》よ」

「へえ……」

「あの子、中学ん時、あんたのこと好きだったでしょ？」

「違いますよ、そんな……」

そんな話は噂でも聞いたことがなかった。

「あそこのお母さんに聞かれたことがあんのよ。良多さん、ウチのにどうかって」

「へえ、なんだよ、言ってくれりゃいいのに。いつ頃？」

言われても困ったろうが、ちょっと気になる話ではあった。

「もう、うんと前の話よ。二十年くらい」

良多は笑った。まだアルバイトをしていた頃だ。結婚など考えられなかった。

「なんだ、そんな昔の話か」

「なに？　今なら、その気あんの？　やめときなさいよ、ココのだらしない子は」

淑子は下半身を露骨《ろこつ》に指さした。

「ひどいなぁ、その言い方はないだろうに」

だが淑子は取り合わずに、プランターのミカンの木に水をやった。他の鉢植えはいずれも丈の低い草だが、これだけは立派に育っている。

「これ、覚えてる？　ミカン」

「ああ、俺が高校ん時に種埋めたら生えてきたんだよな。ずいぶん大きくなったねぇ」

洗濯物を干す時に邪魔になるだろうに、育ててくれているのだ、と良多はちょっと感傷的になった。

「花も実もつかないんだけどねぇ。あんただと思って毎日水やってんのよ」

嫌味だとしたら最高の出来だ。

「嫌なこと言うねぇ」

嫌味を言うつもりはなかったようで、淑子は取りなした。

「あら、でも、青虫がこの葉っぱ食べて育つのよ。この間、そこでチョウチョになったの。青い模様がこんなになって……。あとで写真見せたげる」

「いいよ、別に」と良多の機嫌は直らない。

「なんかの役には立ってんのよ」と淑子はさらに言葉を継いだ。

「あのね、俺だって役に立ってますよ」と良多は自棄《やけ》のように言い放った。

「ああ、そうね。じゃあ、台風が来るから、この鉢をこっちに寄せといてくんない？」

「ああ、お安いご用ですよ」

良多は言われるままにミカンのプランターを窓際に引き寄せた。同時にサッシのガラスが割れる音がした。

良多が片づけを申し出たが、逆に散らかるから困る、と淑子が大きなガラス片を拾い上げてから掃除機をかけた。良多の尻が背後に置いてあった長柄のほうきを押し込み、ガラスを突き破ってしまったのだ。ガラスは全体が割れたわけではなく、下の枠の部分が大きなキュウリのような形で型抜きされたようになっていた。これなら段ボールなどで補修すればしばらくは持ちそうだった。

掃除機がガラス片を吸い上げ、ホースにぶつかってカチカチと楽しげな音を立てる。

母親が掃除をしている隙を見て、良多はかつての自分の部屋にこもっていた。

その部屋は玄関を入ってすぐの場所にあった。中学生になった良多が希望したのだ。良多の部屋からは居間で寝起きしていた両親の目に触れることなくこっそり外出できた。それで特に悪さをしたわけではないが、夜中に約束した友人たちと落ち合って公園でしゃべったりするのは、開放的な気分になってなんとなく楽しいものだった。

大人になった良多はその部屋で声をひそめて携帯電話を使っていた。

「あれ？　おかしいなあ。確かに土曜日に振り込んで……。いやあ、明日、もう一回聞いてみるよ、銀行に……」

その言葉が嘘なのはしどろもどろの弁解口調でバレバレだ。当然ながら電話の相手にも指摘され、「いや、嘘じゃないって」とさらに弁解を続ける。

だが相手にいきなり電話を切られた。「もしもし」と何度も携帯に呼びかけるが、応答がない。

するとと部屋のふすまを外から開けようとする音がした。ノックもせずに部屋に入ってくる母親に辟易《へきえき》して、高校生の頃に良多は部屋に鍵をつけた。鍵といっても西武商店街にあった金物屋で百五十円で買ったちゃちな金具だ。力いっぱいにふすまを引けば弾《はじ》け飛んでしまうようなものだった。それでもその効果は絶大だった。

以来、母親はふすま越しに声をかけるようになった。鍵は良多が〝大人〟になった象徴だった。

「トントン」と淑子が声でノックした。ふすまをノックしてもその音は間が抜けているものだ。それにふすまが傷む、と淑子はいつも文句を言っていた。

「なんだよ」と良多はうるさそうに言って鍵を外した。

淑子は部屋の中を探るように見回した。部屋は雑然と物が詰め込まれている。本棚は昔のままで懐かしい本が並んでいた。机があった場所には母親の季節外れの服が詰め込まれた衣装箱や買ったまま箱に入ったタオルケット類が、積み上げられていた。つまり納戸代わりになっていた。

「コーヒー淹《い》れたからケーキ食べない？」と淑子は良多の顔色をうかがうようにチラリと見

上げた。

「ああ、そうしようか」と良多は携帯をポケットに押し込んだ。

「なにしてたのよ？」と淑子はまたチラリと良多の顔を見た。

「いや、別に……」と言葉を濁す。

「別にって、鍵なんかアレして、なんの電話よ」と食い下がる。

これだけは母親の耳に入れたくない話だった。見破られるのを覚悟で良多は嘘をついた。

「いや、事務所の若いヤツが仕事ができなくてさ。それで、ちょっとあって……」

すると意外にも淑子は食いついてきた。

「事務所？　ああ、大変なんでしょ？　盗み聞きしたり、部屋へ忍び込んだり。こないだテレビでやってた」

テレビドラマに出てくる探偵はかなり誇張されている。実際は地味な仕事で、決してテレビ向きではない。

「俺は刑事じゃないからさ。楽なもんですよ」

「危ないことしないでくださいね。あんた一応長男なんだからさ」

そう言いながら淑子は良多の背中を心配そうにさする。これは母親の癖になっている仕種《しぐさ》だ。とにかくさする。背中をさする。家の外でもさする。大きくなってからは嫌で手を振り払ったりしたこともあったが、今では黙っていることにしていた。幼い頃には、さする母親の手に慰められたこともあるのだ。

「でもさ、言っとくけど、俺の場合はあくまでも取材だからね」

本業の取材のために、と始めた探偵業なのだ。

「ならいいけどさ。そんな仕事してるなんて板橋にも言いづらくてさ」

〝板橋〟は淑子の兄の住まう場所だった。歳が離れている兄は、淑子の父親代わりだった人物だ。老舗の高級文具商社に勤めていて裕福だった。

だから金に困ると淑子は板橋に足を向けた。当然ながら父親は板橋に寄りつかず、盆暮れの挨拶など親族の付き合いもすべて母親が一人でやっていた。良多も謹厳《きんげん》な伯父《おじ》が苦手だった。父親の葬儀の時もなるべく顔を会わさないように逃げ回っていたほどだ。

良多の脳裏に、兄に息子の近況を尋ねられて困っている母親の姿が浮かんだ。

「はいはい」と少し大きな声で言って、その思いともども母親の追及を振り払った。

「ご飯どうするの？　急に来るからおうどんぐらいしかないけど……」

良多は腕時計をチラリと見て首を振った。

「いや、もう行かないと……」

すると淑子は少々大げさなほどに寂しそうな声を出した。

「あら、まだいいじゃないよぅ」

「そんな死にそうな声出すなよ」

「なに？　仕事？」と今度はまったく平静な声で言う。

「まあ、一応任されてるからさ」と言ってしまって良多はしばらく迷った。久しぶりに実家に戻った〝任されている〟責任ある中年男はこれから帰り際になにをするだろう、と。

良多は帰りの運賃を計算してから、淑子に見えないように財布を取り出して、一万円札を抜いて差し出した。財布はすぐにポケットにしまう。残金を見られたくはない。

「なに？」と淑子は怪訝《けげん》そうな顔をしている。

「小遣いだよ」

淑子は真顔になって一万円札を見つめている。

「CDでも買いなよ」

「いいわよ、年金もあるし、別に困ってないもん」

そう言う母親の声が震えているのに良多は気づいた。恐らく、いや、間違いなく母親に小遣いを渡すのは初めての経験だった。

「いいじゃん、たまには」

良多は軽い調子で言った。すると淑子はその一万円札を両手で拝むようにして挟んで、頭を下げる。仰々しいほどに。だが直後にいきなり良多にねだった。

「どうせなら分譲買ってくんない？　芝田さんトコ、空いたのよ、3LDK」

賃貸か分譲か、棟ごとに区別されていた。それは区別どころか差別を生んだ。篠田家は賃貸だ。子供たちにとっても「チンタイ」は蔑称《べっしょう》であった。

母親が分譲を求める理由は痛いほどに分かった。民間の賃貸に比べれば安いとはいえ、今でも賃料を払い続けている。それがやはり母親には心細いのだ、と。

しかし、分譲は恐らく一千万円近くするはずだった。一万円を渡すにもためらう良多には、冗談でしかない。

「馬鹿言ってんじゃないよ。一人でそんな大きい部屋いらないだろ」

「そうよねぇ。そんな甲斐性《かいしょう》ないわよねぇ」

母親にそこまではっきりと言われるとさすがに良多も悔しかったし、情けなかった。

「大器晩成なんです」と虚勢を張ってしまう。

「ちょっと時間かかりすぎですよ。早くしないとこうなっちゃうから」

淑子は手を顔の前にダラリと下げて幽霊の真似をしながら「3LDK〜」と「うらめしや」一の調子で言った。

それからも淑子に引き止められて、良多は結局、冷したぬきうどんの昼食も食べた。ミカンで育ったという蝶の写真も見せられた。それでもいよいよ帰ると言うと、諦めたのか、新聞の束を二つ持っていけ、と言い出した。集積場まで運ぶのが重くて大変なのだ、という。「お安いご用ですよ」と今度はプランターの移動の時のように失敗せずに一階まで運び出した。途中で一度手が痛くなって休憩してしまったが。

後についてきた母親は階段を一段降りるたびに、「よいしょ」と声を出していて難儀そうだった。下まで降りると「息が切れちゃって」と良多の腕にすがって歩く。母親が大げさなのは、いつものことだから良多は笑って受け流した。

ふと見ると、淑子があらぬ方を見て会釈している。がさつとまではいかなくとも大雑把な母親が、いつになく物柔らかな会釈をしている。良多は母の視線を追った。

するとそこには品の良さそうな老紳士が歩いていた。こちらに向かってくる。糊《のり》の利いたシャツにボウタイをつけていてソフト帽をかぶっている。団地にはあまりいないタイプの上品さのある男性だった。書店とクリーニング屋の袋を両手に提げている。

母親と同年代だろうか、と良多は思った。

「仁井田《にいだ》先生」と淑子は何度もお辞儀しながら、すっと男性に歩み寄る。

「あ、どうも」と仁井田は落ち着いた声で答える。

「息子です。ほら、小説を書いてる」

淑子はそう言って良多を紹介した。

「はじめまして」

良多も頭を下げる。記憶を探ってみても仁井田の顔に見覚えがない。

すると淑子が良多に説明した。

「仁井田先生。最近ね、ちょっとお世話んなってて」母親の声がやけにはしゃいでいるようで、良多は落ち着かない気分になった。

「母がいつもお世話になって……」

挨拶をしようとすると、仁井田が「ああ」と手で制した。とはいえ物腰が柔らかで悪い感じはしなかった。

「読ませていただきましたよ。タイトルが……なんと言ったかな。誰もいない……」

「『無人の食卓』です」

「そうそう、『食卓』。あれは実話なの？　私小説？」

〝本当に〟読んだんだな、と良多は心の中で拍手した。タイトルを覚えていても内容はまるで知らないという人も多い。良多の小説はリアリティが身上だった。リアルな逸話を積み上げて人間の内面を描き出す、という書評を得たこともある。

「いや、一応フィクションなんですけど」

「そうなの？　お姉さんの描写なんかリアルだったなあ。お姑《しゅうとめ》さんとのこういう感じとか」と仁井田は指と指でチャンバラをしてみせた。

確かに嫁姑の確執もリアリティがある、と賞の選考委員に絶賛された部分だ。

恐らくは小説を読み慣れている人だ。我が家の両親とは違う、と良多は思った。

「ありがとうございます」

「昔からこの子は国語の成績が良くて、ねぇ」

淑子が手放しでほめるのを良多は止めようとしたが、仁井田は鷹揚《おうよう》にうなずいた。

「そうでしょう。栴檀《せんだん》は双葉より芳《かんば》し、というけど、小さい頃から文才があったんでしょうなあ」

そう言うと仁井田は淑子に顔を向けて「じゃあ、また。次はベートーベンの一三一番にしますから」と告げて会釈すると去っていく。

「はい」と淑子もしおらしく言ってまた丁寧にお辞儀して見送る。

歩き去る後ろ姿も背筋がピンと伸びていて見栄えがした。

「それでか、ＣＤ」と合点がいって、良多が笑う。

「ちょっとね。集まりがあって、予習よ」

照れているのを隠すようにぶっきらぼうに淑子は言った。

「どこに住んでんの？」と良多が詮索《せんさく》する。

「2-2-6」

「あ、やっぱり分譲か。そんな感じした」

「そ、リビングに応接セットあんのよ。こーんな大きな」

「家族は？　奥さんいるんでしょ？」

「三年前に亡くなったんだって。なんで？」

「いや、クリーニングに女物があったから」

「娘さんのじゃないの？　さすが探偵ね、よく見てるわ」

するとと良多は首を振った。

「いやいや、探偵じゃなくて小説家としての観察眼ですよ」

二人は並んで歩きだした。団地センターのバス停留所に向けて。

「いいよ、ここで」

「停留所まで行くわよ。せっかくだから」

「なんだよ、せっかくって……」

良多にぼやかれても淑子は笑顔のままだ。久しぶりに訪ねてきた息子と歩くのが嬉《うれ》しいのだ。

「この間、ここ歩いてたらチョウチョがずっと後をつけてきてね」

「なに？　あの青いヤツ？」

「ううん、黄色いヤツ。で、お父さんだと思って、〝お父さんでしょ〟って言ったら、そこに止まったの」と淑子は目の前の植え込みにある椿《つばき》を指さした。

「ふぅん」と良多はその椿を見つめる。

「だから言ってやったの。私一人で幸せにやってんだから、まだしばらく迎えに来ないでねって。そしたらフラフラ〜ってあっちの方に逃げてってって……」

「なんだよ。もっといい話かと思ったよ」

「残念でした」と淑子は舌を出した。

良多はその顔を見ながら母親が薄化粧をしているのに気づいた。あまりないことだ。仁井田のことが頭に浮かんだ。だが、それもいいことだ、と良多は思い直した。

バス停に着くと、次のバスが来るまで少し時間があった。まだ日差しは強いが、やはり秋なのだ。汗をかくようなことはなかった。

良多が母親に「もういいから」と言っても淑子は「見送る」と言って聞こうとしない。

電車やバスを待っている時に、手持ち無沙汰で話題を探すのが良多は苦手だった。良い話題を思いついた。これなら長引くこともないだろう。バスが到着して、話がしり切れとんぼになるのも良多は嫌いだった。

「あ、あの公園のタコの滑り台、立入禁止になってたけど」

「子供が落っこちたんだって。それで自治会で問題んなってさぁ」

「へぇ」

「そんなさあ、あんた。落ちる方が間抜けだと思わない？」

「だよなあ」とこれはまったく同感だった。

良多が子供の頃にも足を滑らせて落ちたり頭を打った子供はいたが、それが自治会で問題になって使用禁止になることなど一度もなかった。

淑子が何気ない風を装って尋ねてきた。

「真悟《しんご》くんは？　たまには会ってんの？」

真悟は小学五年生になる良多の息子だ。姓は白石《しらいし》。良多の元妻の姓を名乗っており五万円の養育費と引き換えに月に一度〝父親〟になる。

「ああ、野球始めたんだよな」

「野球？　あの子がねぇ」と淑子は意外そうな声を出した。確かに真悟はスポーツは得意な方ではなかった。おとなしくておっとりとした子供だった。

「だからグローブをさ。アレしてやろうと思ってたんだけど……」

思わず金の話になってしまいそうで、慌てて口をつぐんだ。

すると淑子は秘密めかして声をひそめた。

「響子《きょうこ》さんは？　元気？」

「ああ、相変わらずだよ」

白石響子は良多の別れた妻だ。

「そう……」と淑子はなんだか哀しげだ。

「仕事が忙しいみたいでさ」

「女が仕事持つと、かえってアレだわよねぇ」

淑子はそう言ってため息をついた。女性が仕事を持って生活力を身につけることが離婚につながる、と思っているのだった。この話題は危険な地雷なのだ。良多はバスが早く来ないか、と道の向こうを見た。

「ねぇ、ホントに……」

淑子はまたそう言って大きくため息をつく。

幸いなことにバスはすぐにやってきた。

良多は清瀬駅に到着するとその足で質屋を訪ねた。そこは父親が通っていた質屋の〝二《に》村《むら》〟だ。母親の袋帯を二万九千円という高値で引き取ってくれたのが魅力だった。気前の良い質屋なのかもしれない。

二村は古い質屋だった。路地の奥に板塀に囲まれている木造の建屋がある。しかも敷地内には立派な土蔵があった。建屋の引き戸を開けると、そこが接客室になっている。椅子が一脚あって、ガラスを挟んで向こうに質屋の主人の二村が座っていた。

良多はさっそくカメラを取り出して、ガラスの下の開いているところに差し出した。

二村は七十代の瘦《や》せた老人で、珍しいことに薄くなった白髪の長髪を後ろで一本に結んでいる。

彼は老眼鏡をずらして上目づかいにジロリと良多を見た。そしてカメラを手にして「ちょっと」と言ってしばらく眺め、フィルムを巻き上げてシャッターボタンを押している。きちんとシャッターは作動しているようだ。さらに二村はピントや露出などを確認して、ボディの傷なども丹念に見ている。

「どうですか？　壊れてないでしょ？　大事にアレしてたから……」

「ああ、でも、せいぜい三千円だな」

交渉するべきなのだろうか、と迷ったが、無駄だと思い「それでお願いします」と告げた。

するとまた二村はジロリと良多を見た。

「あんた、団地の篠田さんとこの……」

「ええ、息子です」と頭を下げる。だが面識はないはずだ。

「だよねぇ。このカメラ見てわかったよ」

父親もこのカメラを質入れしているということだ。だが金を返して質流れにしなかったのだ、と思った瞬間に思い出した。小学生の頃、運動会当日の朝に母親がカメラがないと大騒ぎした。すると父親が黙ってどこかに出かけていき、何食わぬ顔でカメラを肩にかけて戻ってきたことを。

あの時だ。いや、その後も何度も出し入れしていたのか……？

「あれだよね？　小説を書いてる」と二村が聞いてくる。

いや、書いてないから質屋に通ってるんだ、と茶化す元気もなかった。

「親父がずいぶんお世話になったみたいで」と余計なことを言わず頭を下げる。

二村は三千円を差し出した。良多はそれをすぐに財布に入れる。

「お世話かあ。アレん時は困ったよ。息子の手術代がいるから、どうしても買ってくれってボロボロの掛け軸持ってきてさ」

二村は思い出し笑いしている。

「手術?」

「ああ、頭んトコにでかい腫瘍ができたって」

「入院したこともないですよ、僕」

「だろ! だと思ったんだけどさ」と言って二村は笑い、店の奥に向かって「婆さん」と呼びかけた。

だが返事はない。

「ひょっとして、その掛け軸って雪舟でした?」

「そうだよ。印刷だったけどね」

「印刷?」

「うん。でも箱だけは本物だったね」

箱だけ本物?

「それは一体いくらで?」と聞きたかったが、二村がまた笑いだしたので口をつぐんだ。

「それで今度は治ったたって言ってきてね。快気祝いよこせってさ。メチャクチャだよ」

確かにメチャクチャな父親だった、と良多も苦笑いした。

「婆さん」と二村がまた呼びかけたが返事はない。

「どこ行ったんだろ」と口の中で言って二村は奥に引っ込んだ。

「印刷かよ」と良多もため息とともにつぶやいた。

箱だけ本物ってことは、中身も本物を持っていた時があったのだろうか、という考えが良多の頭を離れなかった。中身だけを先に骨董商にでも売って、その時に箱だけ取っておいて、偽物を入れて二重に取ろうとしたが、二村に見破られたということだろうか。

父親らしいやり口だと良多は思ったが、今度は雪舟を買えるような資金をどこで得たのか、と思った。

だがすぐに思い当たった。ギャンブルだ。大穴でも取ったのだろう。その金を飲み食いや女や別のギャンブルに注ぎ込まなかったのだ。それにしてもなぜ骨董だったのか。字はうまかったが、楷書ばかりで〝書道〟と言えるような書を書いていたことはなかったし、絵にも興味はなかったはずだ。

それとも誰かから譲り受けた……。しかし、そんな友人が父親にいたとは良多には思えなかった。どう考えてもその理由が良多には分からない。二村の言う通りにメチャクチャな父親だったからだ。

良多は探偵事務所には向かわず、駅前のパチンコ屋に入った。三千円で豪勢な夕食を食べるつもりだったが、あっと言う間に機械に吸い込まれてしまった。その日の食事はうどんを二杯食べただけになった。

2

良多の後輩の町田健斗《まちだけんと》は新宿駅の西口に路上駐車して、良多を待っていた。時間にルーズな良多はやはり約束の時間を過ぎても現れない。それももう慣れっこだ。

結局、良多が現れたのは約束の時間を三十分も過ぎてからだった。

「悪い、悪い」と言いながら、助手席に乗り込んだ良多は缶コーヒーを飲み始めた。町田がその横顔を見ていると「飲むか？」と飲みかけの缶コーヒーを差し出した。

「いいっすよ」と町田は呆《あき》れながら車を発進させた。

目的地は立川《たちかわ》だった。駅前にある喫茶店を相手が指定してきたのだ。

甲州《こうしゅう》街道は渋滞していなかったが、良多が遅れたせいで約束の一時を五分ほど過ぎてしまった。しかも駅前は駐車場がどこも埋まっていてなかなか停められなかった。

すると良多は痺《しび》れを切らして「俺、先に行ってるから、車停めてから来て」と言い、そそくさと降りて喫茶店に入ってしまった。

町田はそれから十分以上も駅前を走り回って、ようやくコインパーキングに駐車することができた。

汗を拭きながら喫茶店に入る。昭和の匂いが漂う古くさい作りの純喫茶だった。そこで良多は女性と向かい合って座っていた。それ以外に客はいない。

女は派手な服装で化粧も濃い。身上調査では〝専業主婦〟となっている。年齢は三十二歳の既婚者。子供なし。名前は安藤未来《あんどうみく》。

町田は未来に一礼して良多の隣に座った。

「コーヒー頼んどいたよ」と良多が言って町田にニコリと笑った。缶コーヒーを一人だけ飲んでいたことの罪滅ぼしのようだが、喫茶店のコーヒー代は経費で落ちるから良多の懐は痛まない。車も事務所のものだ。

「じゃ、本題なんですが」と良多が切り出した。とっくに話を進めていると思っていたので町田は拍子抜けした。今までの十五分、女と何を話していたのか。

良多はカバンから封筒を取り出して、テーブルの上を滑らせた。

未来は怪訝そうな顔で封筒を取り上げると中から写真を取り出した。見てすぐに顔色が変わる。

そこには未来が浮気相手とラブホテルに入るところがはっきりと写っていた。

「こういう時、言い訳がききませんよ、ラブホは」

良多がそう言ってニヤリと笑う。有無を言わさぬ迫力があった。

未来はしばらく考えていたようだが、すぐに諦めて、テーブルに封筒を放った。

「ダンナが浮気調査を頼んだわけ？」

「はい」

「つまり、私はずっと疑われてたわけ？」

「みたいですね、元カレとの仲を」

すると未来は小さく舌打ちして「お互いさまだっつーの」と、吐き捨てるようにつぶやいた。

それを聞いて良多は大きくうなずく。

「ご主人は、あなたの浮気を理由に離婚調停を有利にアレして、できれば慰謝料《いしゃりょう》を払わずに、と」

未来はまた盛大に舌打ちした。

「せこいわー、ホント、せこい」

「よくありますよ、最近」

良多がなだめるように言うと、未来はコーヒーをゴクゴクと飲み干し、ため息をついて天井を見上げた。

「ア〜ア、どこで狂ったんやろ？　私の人生」

未来が和歌山県の出身だったのを町田は思い出した。和歌山から大阪、神戸を経て上京し、一貫してホステスとして働いてきた。大手生保会社に勤務する夫と結婚したのが二年前。すごろくなら〝上がり〟になるはずだったのだろう。

町田がもう一度未来を見ると、天井を見上げたままで、また大きく深い吐息をついてから、挑戦的な目で良多をにらんだ。

「で？　なんで私にこれを見せたりしてるわけ？　あんたら」

良多は封筒を手にしてヒラヒラと振る。

「このまま依頼主にアレしてもいいんですが、もし望まれないのでしたら……」

皆まで言わずに良多は意味ありげに未来を見つめる。

「もちろん望みませんけど……」

ここからは町田のパートだった。

「たとえばですね。これをなかったことにして……」

「できるんですか？　なかったことに」

「ええ」と町田が答える。

良多が未来に顔を寄せて小声で「大きな声では言えませんけど」と告げた。

未来は良多と町田の顔を交互に見て理解したようだった。

「おいくらで?」と未来は単刀直入に、証拠をもみ消すための値段を尋ねた。

良多はそれにはあえて答えずに説明を始めた。

「僕らもご主人に報告しなきゃなりません。ご主人が疑った時間。つまりあなたがお相手と密会してた時間をどうやって過ごしてたかを、ヤラセと言いますか。でっち上げないとならないんで……」

良多の言葉を引き受けて、町田がフォルダーから写真を数枚取り出して、テーブルに広げた。そこにはファミレスやホテルのロビーなどで集まって、歓談している男女数名が写っていた。

「こんな感じに同窓会の打ち合わせとかの写真を撮らせていただいて」

つまり証拠をもみ消すにも〝経費〟がかかるというエクスキューズだ。

未来は町田の言葉に身体を震わせて笑った。

「いいわ、やります。面白そうやし」

「ありがとうございます」と良多は嬉しそうに言った。

町田がテーブルの上の〝二重取り〟の証拠写真を片づけると、未来は〝三重取り〟の提案を始めた。

「あのさー、せっかくなんで、この写真とは別件でお願いしてもいい？」

するなと即座に良多が応じた。

「もちろんです。別料金になりますけどね」

調査対象者に会って証拠写真を買い上げるように言った時点で、恐喝《きょうかつ》に当たる。訴えられないように、対象者と共謀して新たな証拠をでっち上げるのだ。とはいえそれも業務違反で違法だ。もちろんこれをすべて仕組んだのは良多だ。一度や二度のことではない。だがバレなければ誰も損はしない、というのが良多の見解だ。

いや、と町田は反論したことがあった。依頼者は調査費用を払った上に離婚調停で有利に進められなくなるから、損している、と。

だが良多は「探偵なんか使ってコソコソずるいことしたから天罰だ」とメチャクチャなことを言って町田を煙《けむ》に巻いた。

未来は新たな契約を交わすと、すぐに銀行に行ってくると言った。もちろんもみ消し料の十万円を支払うためだ。

未来が店を出るとすぐに良多が嬉しそうな笑顔を町田に向けてきた。

「じゃあ、いつものでいいよな？」

「また高校の同窓会ですか？　毎回おんなじだと所長に疑われませんか？」

〝二重取り〟はすべて所長には内緒にしている。つまり丸々自分たちの財布に入る金なのだ。しかし経費は事務所が負担している。

「んじゃ、和歌山の中学ん時の同級生たち。同窓会じゃなくて友達の結婚式の二次会の幹事の打ち合わせとかなんとか」

良多の安易な提案に町田は呆れたが、「まあ、同じよりはいいか」と納得した。

「じゃ、お前、また、なんとかアカデミーに電話して、あの女と同じ歳くらいのエキストラを四、五人みつくろってさ」

「一人、五千円すね？」

エキストラのギャラだ。

「いや、三千でいいや」

即座に良多は値切った。

二次会の幹事ならホテルのロビーとカラオケぐらいでいいだろう。調査対象となるのは二晩分なので、店を替えるたびに衣裳《いしょう》も着替えてもらう。衣裳は自前だ。三時間ほどの拘束になる。時給千円だ。そこでのエキストラたちの飲み食いを入れても三万円程度の経費だ。

「ボロ儲《もう》けっすね」と町田は皮肉っぽく言った。

「バカ、それだけじゃないだろ。写真代だってかかるだろうに」

「カメラマンは俺じゃないですか」

しかも写真をプリントアウトするのは事務所のプリンターだ。

「分かったよ。お前にも特別手当払うからさ」

だが金額は明示しなかった。もとより町田も期待はしていなかった。十万円は良多の息子への二カ月分の養育費なのだ。先月は払い込めなくてひどく元妻に叱られたとカリカリしていたから、今月分と合わせて十万円がそのままそっくり元妻の口座に振り込まれるだけだ。

そこに未来が戻ってきた。銀行の封筒に入れた十万円を置いて、椅子に掛けた。

「じゃ、失礼して……」と良多が封筒の金を確認して「確かにいただきました」と頭を下げると、未来から新たな案件の聞き取りを始めた。


コインパーキングに辿《たど》り着くと、良多はそばにあったコンビニに向かった。振込に行ったのだろう、と思って待っていると、未来から預かった封筒をそのまま手にしている。

「振り込まなかったんですか？」

町田が声をかけると楽しげに良多は笑った。

「立川と言えばなんでしょ～か？」

金を手にして良多はすっかり浮かれていた。町田は情けなくてため息をついた。

「え〜、今からですか？　家族愛のためにその十万、使うんじゃないんですか？」

「もっと愛するために増やすんだろーが。聖地なんだからさ。素通りするわけにいかないんだよ」

立川競輪だった。町田が付き合わされるのは、これでもう三度目だ。コンビニで良多が買ったのはスポーツ新聞だろう。

「サラ金に代わりに行くの、もうヤスからね」

町田からも借金ができない時、良多は緊急事態だと言い出して町田にサラ金で五万円を借金させたのだ。さすがにその時は翌月の支払日までには利子も含めて返却してくれたが。

「これ倍にして家賃払って、息子にグローブ買ってやりたいんだよ」

グローブ？　と町田は良多をにらんだ。

「貸した一万円どうしたんですか？　グローブ買うって言ってたじゃないですか」

「いやあ、色々わけがあって使っちゃったんだよ」

母親に見栄を張るための一万円として消えたのだ。

「え？　雪舟は？　見つからなかったんですか？」

「そんなもんがありゃ苦労してねぇよ」と良多はげんなりした顔をした。

「グローブって高いんですよ。家賃払った残りのお金で買えるもんじゃありませんよ」

「だったら三倍にすりゃいいんだろうが。やっぱりミズノだよなあ？　ミズノごと買っちゃうか」

前回は別のパターンだった。仕事の帰りに場外馬券場に寄れと良多が言い出したのだが、ガソリンが少なくて寄り道している余裕がなかった。町田がそう言うと良多は「小さいこと言うなよ。このレース当てたらオペックごと買ってやるよ」と言い放ったのだ。

当然ながら石油輸出国機構を買うことはできず、すってんてんになって事務所に帰り着くためにガソリンスタンドで五リットルだけ給油したのだ。

「だから言ってるじゃないですか。そんなにうまくいきませんよって」

町田は言っても無駄だと思いつつも、口の中でもごもごと説教した。

無謀にして破天荒な良多に町田は何度も振り回されている。だが町田は良多を見限ることができない。一見無鉄砲な良多の中にある弱さを、町田は折にふれ感じていて、そこに亡くなった父親の背中を見ていた。

良多は車の助手席に乗り込んで、さっそく期待で目を輝かせている。

町田は運転席に乗り込み、仕方なく車を発進させた。

立川競輪は平日の昼間なのにかなりの数の観客が入っていた。

驚いたことにメインレースまでの2レースで良多は六万円もスっていた。この一年で良多はギャンブルに使う金額が増えている。そしてメインレースには残金をすべて賭けたようだったが、町田には何も言わない。

メインレースの出走時間になると、良多は「吉田《よしだ》！　吉田！」と辺り構わず大声で騒ぎだした。もちろん周りの観客たちも大騒ぎしているが、良多は大柄なので余計に目立った。

町田はその良多のすぐ後ろでうどんを食べている。レースに関心はないが、一応、良多が軸にして買っている〝吉田〟が黒いヘルメットなのは知っていた。

つまり吉田が三着までに入らないと良多は一文なしになる。

ジャンが鳴って最後の周回になると、良多は興奮して前に進み出て金網にしがみつき叫んだ。

「吉田、まくれ！　吉田〜この野郎！」

吉田は四着だった。良多は目をギラギラさせて町田のところに戻ってくると、飲みかけだったビールを一気に流し込んだ。

そして、また金網に戻ると、敢闘門に引き上げてくる選手を待ち構えて「吉田、この野郎。ビビってんじゃねぇぞ。この根性なしが！　勝負しろよ、勝負を！　この負け犬が……」としつこく叫んでいる。

町田は良多に連れられて様々なギャンブル場を訪れているが、競輪ほど客のヤジがひどいところはなかった。中でも良多のヤジはひどかった。しかも一番長い。

うどんを食べ終えると町田は帰り支度をした。

すると良多が町田を指で突いた。そして作り笑いをしている。

「一万……いや、五千でいい」

「もうダメです」

「お前、いいか？　あの自転車ってブレーキついてないんだぞ。なのに俺がここでブレーキ踏むわけにいかないだろ」

「わけ分かんないですよ、その理屈」

そう言いながらも町田は笑ってしまう。

「倍にして返すからさ」

いくら断っても無駄なのだ、と諦めて、町田はポケットの中から最後の一万円札を取り出した。残金が六千円ほどしかない。

「帰って報告書書かないと、所長に怒られますよ」

「どうせインチキなんだから、お前に任せた。おっ、最終間に合うな」と良多は投票窓口に意気揚々として向かった。

先に事務所に帰って報告書を書こうと町田は駐車場に向かったが、その足を止めて、正門に向かう。

前回、立川競輪に連れてこられた時も、先に帰るように良多に言われて帰ったのだが、結局夜遅くに呼び出されたのだ。一文なしになって世田谷《せたがや》まで歩いてきたが、空腹と疲労で一歩も歩けないからファミレスまで車で迎えに来てくれ、と。

間違いなく、今日も同じ結果になるだろう。

案の定、町田が待っていると、しょぼくれて帰り道を急ぐ男たちの中にひときわ意気消沈している大男の姿があった。良多だ。

町田の姿を見つけると、良多は力なく笑って「助かったあ」と言って町田の腕にすがった。

事務所は阿佐ヶ谷《あさがや》の駅から徒歩五分ほどの雑居ビルの二階にあった。階下がラーメン店だが出前をしないので、町田がお盆を持って取りに行く。すると端数分をまけてくれるのだ。

良多はラーメンで、町田はラーメンに半チャーハン。そして餃子《ギョーザ》だ。ただし餃子は良多と半分ずつになった。半ば強引に奪われたのだ。すべて町田の金なのに。

事務所はソファとテーブルに所長の大きめのデスクが一つ。従業員は所長も含めて四人の小さな探偵事務所だ。良多と町田はソファに向かい合って座ってラーメンを食べていた。入り口から入ると接客用の会議デスクと椅子があるが、間仕切りがしてあって良多たちの姿は客からは見えない。

所長は接客中だ。迷い犬の捜索を依頼していた初老の女性が、犬を見つけたお礼にやってきたのだ。

町田がちらりと間仕切りの隙間から見た依頼人の女性は、上品な身なりの裕福そうな女性だった。お礼としてフルーツの盛り合わせの大きなカゴを持ってきている。かなりの金持ちなのだろう。

犬はマルチーズのようだったが、町田には分からない。この十日間ほど事務所の片隅のカゴの中でクンクンと鳴き続けて、書類仕事が思うようにはかどらなかった。あまりにうるさいと犬嫌いの所長が癇癪《かんしゃく》を起こすので、町田が屋上に連れ出して遊んでやったりした。外を散歩させるわけにはいかなかったのだ。

「いやあ、大変でしたよ。善福寺《ぜんぷくじ》川《がわ》ん中、ゴム長履いて走り回って、大捕り物でしたよ」と所長が犬を抱いて女性に説明をしている。

所長の山辺《やまべ》康一郎《こういちろう》は五十歳。十五年前に警察を辞めて、探偵事務所を開いた。痩せぎすでとても警官だったようには見えないが、その蛇のような目でジロリとにらまれると誰もが震え上がってしまう。

警察を辞めた理由を町田も良多も知らなかったが、事務所の経理兼所長アシスタントの小《お》倉愛美《ぐらあいみ》によると、届けられた落とし物を着服したのが発覚して、大事にはならなかったが、警察を退職したのだ、という。

「善福寺川は臭くてねぇ。な、篠田」

所長が良多に呼びかける。

「ええ、もう臭いがなかなかとれなくて、ホントに」

ラーメンを飲み込みながら良多は調子を合わせたが、川になど一度も入っていない。迷い犬のビラを作って電柱に貼っていると、町田の前をその犬がトコトコと歩いていたのだ。かかった経費はビラ代だけだ。

「おかげさまで、ありがとうございました」

女性は何度も何度も丁寧に頭を下げている。

所長は犬を抱いて「もう家出しちゃダメでちゅよ」などと、犬のご機嫌をとっている。その顔を犬がベロベロと舐め回す。

「第二コーナー回るだろ？　バックストレートでジャンが鳴るだろ？　あのカランカランて音、聞いてるとさ。生きてるなあって感じるわけよ」

間仕切りの奥では大負けしたのも忘れて、良多が町田に競輪の〝醍醐味《だいごみ》〟を語り続けている。

「その時にしか、生きてるって感じないんですか？」

「ああ、感じない」ときっぱり良多が言うので町田は吹き出してしまった。

そこに愛美がラー油を手にして現れた。愛美は町田より三歳上の二十九歳。なかなかの美人でもっと若く見える。

「ラー油しかないですよ。これ食べるラー油だ。いつんだろ、これ？」

「買っといてよ、ゆず胡椒《こしょう》。オレンジ色の一風堂《いっぷうどう》のヤツさあ」

「だったら一風堂に行けばいいじゃないですか。ここは食堂じゃないんですから」

「ハイハイ」と言いながら良多は食べるラー油をスプーンですくって、餃子の醤油《しょうゆ》皿にたっぷりと入れた。

「でも、賭けてるだけでしょ？」と町田は話を蒸し返した。

「うん？」

「だから競輪ですよ。良多さんが自分で、自転車こいでんなら分かりますけど、賭けてるだけで生きてるなって感じるって……」

「だけって、ひどいこと言うな。今、お前、全国六千万の競輪ファンを敵に回したな」

いつも良多が答えに困ってごまかす時の定番だ。〝お前六千万の〜ファンを敵に回したな〟と。

「そんなにいませんって」と町田もいつものように突っ込む。半ばうんざりしているのだが、先輩を無視することができない。町田は小学生の頃に野球を始めて高校を中退するまで続けていた。だから先輩後輩の関係は骨身に染みついている。

「みんなが犬好きだと思ったら大間違いだっつ〜の」所長は客を送り出すと、露骨に柄が悪くなった。巻き舌だ。自分のデスクにフルーツのカゴをドンと置いた。

犬に舐められた顔を気にしてやはり巻き舌で「愛美ちゃん濡《ぬ》れタオル持ってきて」と言った。

「そのフルーツ、凄《すご》いっすね。タカノですか？」と良多がカゴを覗き込む。

「ああ、十日分も調査費、水増しされてんのも知らねぇでな」と所長はニヤリと笑った。

依頼があって二日目に犬を見つけて、そこから十日間、事務所で犬を飼っておいて水増し請求をしたのだ。所長は動物が嫌いだった。憎んでいると言ってもいいかもしれない。

愛美が持ってきた濡れタオルで顔を丹念に拭きながら所長は良多に尋ねた。

「篠田、そっちの件はどうなってんだ？」

〝そっちの件〟とは立川で会った未来の夫からの正式な依頼に関してだった。

「どうなんだ？」と良多は町田にパスした。

「いや、まだ何も匂ってこないです」と町田は巧みにごまかした。引き続き調査中なので経費も全部上乗せできるわけだ。二重取りにも三重取りにも……。

所長はいつものポーカーフェイスでジロリと良多を見つめる。

「ダンナが疑ってた元カレは？」

良多は再び視線を町田に向けた。

「調べた限りでは白ですね。ダンナさんの思い過ごしじゃないですかね」と町田は淀むことなく嘘をついて、良多をチラリと見た。

良多はうつむいてラーメンをすすっている。所長の視線にさらされると、途端にしどろもどろになってしまうので、報告はいつも町田に任せている。

所長は町田の説明に納得したようで、まだタオルで顔を拭きながら席に着いた。

「信じられないんですかねぇ、自分の奥さんのこと」と愛美がつぶやく。

「男の器が小さくなってんじゃないの？」と所長の視線から解放された良多が、意気揚々と語り始めたので、町田は苦笑を浮かべた。

「そうだな。ストーカーもみんな男だもんな」と所長が応じる。

「ですよねぇ」と町田は良多を見つめて笑う。だが良多はその視線を無視した。

「でも、そういう人がいてくれるおかげでこの商売が成り立ってるわけだから」と良多はまるでストーカーを弁護するかのようなことを言い出した。その理由が町田には分かったが、黙っていた。

「時代に感謝しないとなあ、小さい時代に」と所長が執拗《しつよう》にタオルで口の周りを拭きながら言った。

町田がまた良多の様子をうかがうと、良多は気まずそうな顔でチラリと町田を見返した。


良多は事務所を出ると電車に乗らずに歩きだした。阿佐ヶ谷の隣の高円寺《こうえんじ》に立ち寄るのだ。南口にある不動産屋に用事があった。

その不動産屋は地元高円寺の物件を主に扱う小さな店だった。社名は大谷《おおたに》商事。入り口が自動ドアになっていて、そこに「地元で創業して五十年。不動産のことならおまかせください」と書いてある。

良多は通りを挟んだところにあるスナックの脇の路地に隠れるようにして立って、不動産屋を眺めている。

サッシのガラスはすりガラスになっていて店内は見えない。

やがて若い夫婦らしき二人が来てウィンドウに紹介されている賃貸物件を見ながら相談をしているようだった。

すると店の中から女性が現れた。不動産屋の地味な制服に身を包んでいるが、それでもひと目で際立った美貌の持ち主と分かった。大きな目が印象的だ。小柄だがスタイルも良い。満面の笑みで夫婦に声をかけている。内容は分からなかったが、「どうぞ、中でごらんください」と誘っているのだろう。

女性は良多の元妻の白石響子だ。三十五歳で良多とは十一歳の歳の差夫婦だった。

店頭の若い夫婦が迷っている様子を見て取って、響子はなおも笑顔で話しかける。作り笑いが痛々しい。だが、その笑顔に惹《ひ》かれたのだろう。男の方がなにか言いながら店内に入っていく。

あくまでも受付と事務担当だが、窓口で成約を得られれば歩合給が入るのだ。そのための作り笑いだ。あんな笑顔を付き合い始めた当初でも見たことがない。いつも涼やかな顔をしていた。だが、結婚生活を送るなかで、その涼やかさが冷やかさに変わっていった。

良多は哀しげにタバコを吸った。響子は決して高給取りではない。二年前に離婚した時に、勤める店を替わったが、もう不動産業に就いて八年になる。息子を保育園に入れて、共働きしていたのだ。とはいってもも良多が働いたのはわずかだが。

八年勤めたのも好きだからではない。偶然に知り合いが不動産業者で、紹介されただけのことだ。ぼんやりとした憧れのような気持ちではあったが、小説家を夢見ていた時期が響子にもあったのだ。

良多が、響子が通う大学で開かれていた創作の講義に講師として訪れていた。そのクラスを響子が受講していたのだ。受講後に、自身の著作についての感想を求めると響子が「先生の本って書くの時間かかりそう」と言った。その通りだった。丹念に集めた逸話をピースとして物語にはめ込んでいくのは長い時間を要した。良多にとっては、最高のほめ言葉だった。

響子は感覚的だった。良多が想像したこともないような感受性で小説にアプローチしていた。響子の美しい容貌よりも、その感覚に良多は参った。歳の差などものともせずに、強引と言えるほど露骨に良多は迫った。文学賞を取った直後でもあり、良多は絶頂にあった。その自信も彼をより魅力的に見せた。

まして小説家を志す学生に本物の作家がまぶしく見えたのは当然だ。二人は付き合い始め、響子が大学を卒業する前に同棲を始めた。

二人は結婚し、子どもにも恵まれたが、響子の小説家になりたいという憧れは、憧れのまま終わった。

子育てが落ちついたら、主婦をしながら小説を執筆するというかすかな願いも捨てざるを得なかった。逼迫《ひっぱく》する家計のために働きに出なければならなかったからだ。良多はなんの助けにもならなかった。むしろ逆だった。

　離婚の原因を友人に訊かれると響子は「お金」と簡潔に答えたものだ。


　良多は響子の姿が見えなくなると、その場を立ち去った。用事があったわけではない。ただその姿を見ていただけだ。良多が阿佐ヶ谷の事務所に勤めているのは、響子が隣の高円寺で働き、住んでいるからだ。

　高円寺から電車で池袋《いけぶくろ》まで出た。そこから自宅のある西武池袋線の東長崎《ひがしながさき》駅までは歩いた。JRに乗ったせいで残金は百二十円しかない。池袋から東長崎までは百五十円かかるため乗れないのだ。

　良多は実によく歩く。それはつまり電車賃をなるべく削るためだ。事務所から交通費が出ているから定期を買えばいいことなのだが、決して買わない。みんな生活費に充ててしまう。金がなくなれば歩けばいい、というスタンスだ。だから一時間や二時間歩くのは苦にならない。特に運動もしていないのに中年太りをしないのは、貧乏の功名かもしれなかった。

　池袋から三十五分でアパートに辿《たど》り着いた。お好み焼きの店の脇の舗装《ほそう》されていない細い路地を入ると、そこが良多のアパートだ。木造の古めかしいアパートの二階に部屋があった。

外階段を上がってすぐが良多の部屋だ。ドアの隙間にメモが挟まっている。開くと近隣に住む大家からだった。四カ月滞納している家賃の催促だ。

良多はそれをポケットにねじ込んで、鍵を開ける。

昼に気温が上がったせいで部屋の中に熱気が残っている。良多はその臭いに顔をしかめた。角部屋なので窓が多い。そのすべてを開けていく。

すると冷えた外気が流れ込んできて人心地がついた。

同時に階下から人の声が聞こえてきた。中庭に面した斜向《はすむ》かいの一階にアイスという名のマレーシアからの留学生が住んでいて、時折、母国の仲間たちと酒盛りをしている。

良多を見つけるとアイスが手を振ってきた。人懐こい男なのだ。もう三年、日本で暮らしていて日本語も達者だ。三十二歳で留学しているのだから御曹司なのだろう。実際に彼に金を借りたことがあるし、彼らの酒盛りに参加したこともある。

「センセー、飲みにきます？」

今では良多のことを〝先生〟と呼ぶのは、ここの住人だけだ。

「いや、仕事しなきゃならないからさ」と書く真似をした。

「日本人働き者ねぇ」

「アイスみたいに仕送りしてくれる人いないからさ」

「それが今月、まだ届かないんだよね。だからセンセーに貸せないよ」

「なんだよ、アテにしてたのに」

「しばらく大学休んで、バイトで学費稼ぐことにしたよ」

いつも陽気なのだが、今日は少し哀しげだ。故郷でなにかあったのだろうか。だが良多には力になれない。

ある物の存在を思い出してカバンを開けた。梨を一つ取り出してアイスに投げる。梨はアイスの手に吸い込まれた。タカノのおすそわけだ。

「おいしそうね。ありがとう」

「忘れないでな。また金貸してくれよ」

「タダほど高いものはない？」

良多は吹き出しながらもうなずいた。

「あ、そうだ。大家さん、探してたよ」とアイスが大家の住居の方角を指さした。

「マジで？」

「やばいよ〜」とアイスが言うと「やばいよやばいよ」と三人の友人たちが口を揃《そろ》えて言う。

「ハモるなよ」と言いながら手を振って、台所に行った。

仕事とはもちろん小説を書くことだ。そのためにはまずコーヒーを一杯飲みたいがとっくの昔にコーヒー豆は切らしている。

だがお湯を沸かす。台所の流しには使い終えたペーパーフィルターがいくつか置いてある。三度目ぐらいまでなら香りが出る。良多はそれら一つ一つの匂いを嗅いでいく。悪臭を放つものはないが、かぐわしい匂いもしない。だが一つはかすかに香った。

それをコップに載せて熱湯を注ぐ。ほんのりコーヒーの香りが立ち上がる。

アパートの築年数は五十年に達している。賃料は二万五千円で敷金礼金なしと格安だ。それでも四畳半と台所もある。風呂はないが、水洗トイレもついている。

四畳半はひどいありさまだ。二年前に離婚してこの部屋に移ってから、一度も掃除などしていない。片づけもほとんどしていない。冷蔵庫もテレビもない。ラジオはどこかにあるはずだが、引っ越した時に押し入れの中にでも入れたままだ。脱いだものなのか、洗濯物なのか分からない服の山。ビニールロープで縛られた大量の本が床に置きっぱなしになっている。良多の寝姿がはっきり分かるようにくぼんでいる万年床もシーツが黄ばんでいる。

だが部屋の一角だけは整然としている。本棚だ。そこには綺麗に本が並べられている。一つの棚はすべて同じ本だ。タイトルは『無人の食卓』。

良多が島尾《しまお》敏雄《としお》賞という文芸雑誌が主催した新人賞を獲得した小説だ。受賞時に掲載された文芸誌もズラリと並んでいる。十五年前の受賞なのに、新品のように見える。

だが本棚にはその本以外に篠田良多の名前は見当たらない。結局、それから十五年間、一冊も本を書いていない。いや、何度も書こうとしている。だが書けないのだ。

受賞直後には何件か執筆の依頼があった。だが書けなかった。そうなると出版社からの連絡は途絶える。

ただ一社だけ賞の主催者である文芸誌の出版社と時折、連絡を取り合っている程度だ。

それでも大学と契約して講座や講義を持ったり、各地で講演に呼ばれたりして、結構忙しかったのだ。しかし、地味な文芸賞の受賞者という威光は長続きしなかった。賞自体も五年前になくなってしまっている。それでもカルチャースクールで文芸講座や創作講座などの講師として食いつなぐことはできた。

だが、良多は教えることなどできなかった。元々、講座などで書き方を学んだことなどないのだ。教えられなければ書けないようなら書く必要はない、と思っていた。

一度「くだらない」と思ってしまうと、講座も休講にしてしまうことが増えた。となると生徒も集まらない。自然に良多は無職状態となって、元々好きだったギャンブルに耽溺《たんでき》するようになった。

四年前に自身の預金が底を突くと「小説のネタ探しのため」と言って探偵事務所にアルバイトとして入った。だがその収入はすべてギャンブルの資金となった。家にもあまり戻らなくなって事務所で寝泊まりすることが増えた。響子の冷淡なまなざしが厭《いと》わしかったのだ。だが時折、家に立ち寄った。金のためだ。夫婦の共有の預金も切り崩し、息子のための学資保険にも手を出した。

それがすべて明るみに出たのが三年前。一年の猶予を与えられたが、良多は暮らしぶりを変えることはなかった。むしろより深くギャンブルにふけるようになった。

良多は家族を自ら捨てたようなものだった。

良多はコーヒーを手にして机の前に座った。机の上には雑然と得体の知れない黄ばんだ紙類が山積みになっている。読みかけの本や辞書もある。だがなにより目を惹くのは壁に貼ってある色とりどりのポストイットだ。ざっと百枚以上はあるだろう。しかもかなり色あせたものもある。書けない十五年。その間も書こうとはしていたのだ。

少なくともその気はあった。手帳を取り出して、今日メモした言葉をポストイットに書き写そうと万年筆を取り上げた。だがすぐにその手が止まった。

カバンを引き寄せると、中から宝くじを取り出した。家捜しをして実家から持ってきた宝くじだ。携帯電話で宝くじのセンターに電話してすべての番号を確認してもらう。かなりの時間がかかったが、すべてハズレだった。

父親も当たりハズレを確認したはずだ。なぜ取っておいたのだろう。雪舟と同じく、なにかで二重取りでもするつもりだったか、と思って慄然《りつぜん》とした。立川の喫茶店で金をせしめたのは正に〝二重取り〟だ。だが良多は「親父と同じにすんなよ」と口の中でつぶやいて、タバコに火をつけた。しばらく宝くじを手にしていたが、やがて恨めしげな目でタバコの火を宝くじに押し当てて焼いていく。

良多は再び手帳を取り出して、ポストイットに書き写す。今日の一番は〝どこで狂ったんやろ？　私の人生〟だ。立川の喫茶店での言葉だ。あえてその背景などは書かない。このポストイットが良多の希望だった。これらがすべて混ざり合い巨大に膨れ上がり、大きな物語を紡ぎ出す時、そこにリアリティが宿るはずだ。事実が紡ぎ出す物語はかならずや人の胸を打つ。頭の中だけで想像した物語など、子供の怪獣ごっこと変わらない。

ポストイットを貼ると、良多は原稿用紙に向き合った。だが物語は動き出す気配がない。ただ原稿用紙に〝雪舟〟といたずら書きをしていた。

3

翌朝、良多は万年床の中で目を覚まして身を硬くした。ドアがノックされている。身を隠す場所を探して辺りを見回す。だがとりあえず動かない。ドアの脇のすりガラスに人影が映った。男だ。中の様子をうかがってから、またノックする。

生きた心地がしなかった。大家か？

「良多さん、町田です」

安堵のため息をついて良多はドアを開けた。

「おはようございます」と笑顔の町田がいた。今日はスーツではなくジーンズにジャケットの軽装だ。

「お前、最初に名前言えよ。びっくりすんだろ」と良多は叱りつけた。

だが町田はまったく動ずることなく逆にからかうように質問する。

「なんの取り立てだと思ったんですか？　電気？　ガス？」

「いや……もうどれだか、分かんない」と良多があまりにも見事に情けない声を出したので、町田はハハハと高笑いした。

良多も笑うしかなかった。

着替えをする良多の後ろにあるデスクの上の原稿用紙には〝雪舟〟の文字以外はなにも書かれていない。昨夜も書けなかった。

多摩川《たまがわ》の河川敷にある野球場には大勢の子供と、その親たちが集まっている。台風が近づいているせいで、気温が高かったが、河川敷を渡る風は爽やかで秋を感じさせた。

河川敷の土手に並んで座っている親たちの中に響子の姿があった。日差しが強いので日傘を差している。ブルーのシャツにコットンのパンツとラフな服装だ。彼女の隣には大柄な男が座っている。身長は良多よりもいくらか低いが、肉付きが良くて迫力がある。そして顔だちも目鼻だちが派手でいかにも押しが強そうだ。

響子の恋人の福住馨《ふくずみかおる》だった。

最近は、試合中に親が声を出したりしないことが暗黙のルールになっている。良いプレーには拍手を送る程度だ。特に相手チームをヤジったりすることはマナー違反だ。

だが福住は大声でヤジったり、選手のミスに「マジメにやれよ」などと大声で叱りつけたりしている。周りの保護者たちが非難の視線を向けているが、それを意に介さない。かえってより大きな声で選手たちにハッパをかけている。

隣に座っている響子は、何度か福住をたしなめているようだが、そのたびに福住が冗談で切り返しているようで、響子は笑顔になっていた。

日差しが強いので、車でやってきた親たちは橋の下にズラリと並べて駐車している。その中に山辺探偵事務所の車が紛れていた。車内には良多と町田が座っている。町田は双眼鏡で夢中になって試合を見ていた。

「あのピッチャー、いい球、放りますねぇ」

一方の良多はやはり双眼鏡で福住と響子から目を離さない。そして「なんであんな男が……」としきりにぼやいている。よほど悔しいらしく初めて目にした男の容貌からその態度にまでいちいち難癖をつけて、うるさいほどだ。良多の息子の真悟が口を滑らして、元妻に恋人ができたのを良多が知ったのは一カ月前だったという。

町田が双眼鏡を置いて、福住の身上調査の結果を見ている。

つまり良多は元妻の行動観察をしている。極言すればストーカーだ。町田は良多に拝み倒されてその手伝いをしていた。

「付き合ったばかりじゃないのか？　早すぎないか？　二人で子供の野球って」

良多の言葉に町田はうなずいて調査報告書を見た。この日は水曜日だったが、秋分の日で休日だった。福住と響子はともに不動産業だ。水曜日は不動産業者の休日だからこの日を選んで、二人で観戦に来たのだろう、と町田は推測した。だが良多の息子の真悟が試合に出る気配はない。背番号17はベンチに座ったままの補欠だ。

町田はもう一度報告書に目を落とした。知り合いの探偵事務所に格安で調査してもらっていたのだ。

「去年の秋からだそうですから、もう一年ですよ。付き合ったばかりじゃないですね」

良多は返事をしようとしない。福住を食い入るように見ている。

するとバッターボックスに息子の真悟が向かった。町田は良多に「息子さん、打ちますよ」と教えるが、無視された。

真悟は真新しいユニフォームを身につけてバッターボックスに立った。小柄で線が細くて、顔だちも可愛らしい。五年生にしては幼く見えた。

「真悟！　真悟！　頑張れよ！」と福住が声をかけている。

真悟は恥ずかしそうに福住に顔を向けたが、すぐに顔をピッチャーに戻す。

「呼び捨てって……人の息子を……」と良多が再び憤《いきどお》る。

町田は報告書を見ながら「山ノ内《やまのうち》不動産って大きいですよね」と言った。

響子と福住が出会ったきっかけは調べられなかったようだが、タダ同然の調査費なので文句は言えない。

だが同じ不動産業ということで、接点があったろうことは容易に想像がついた。福住は三十八歳の独身で結婚歴はない。住所は中野《なかの》の駅近くの分譲マンションだ。かなりの金額だろう。

町田は双眼鏡で福住を改めて見た。ラフな服装だが、確かに高価そうではあった。

「うわ、年収千五百万円ですって」と町田が驚く。

「どうせ、えげつない地上げとかしてきたんだろ。他人の不幸を飯の種にしやがって」と良多が吐き捨てるように言った。

〝地上げ〟が死語の上に、〝他人の不幸を〟ギャンブルの種にしているのは良多も同じだ、と指摘したくなったが、苦笑するにとどめておいた。

「なんだよ？」良多は不機嫌に町田をにらむ。まったく自家撞着《じかどうちゃく》に気づいていない。

真悟は一球目を見逃しでストライクを取られた。バットを振る気配がない。

「当たる、当たる、ピッチャー、ビビってんぞ」と福住がまた大声で言った。

その声に良多は嫌そうに顔をゆがめた。

「もう……しちゃったかな」と町田に尋ねる。

町田は試合に夢中になっているふりをしてとぼけた。

「なあ、どう思う？　してるかな？」と良多は重ねて聞いてきた。

報告書を良多に見せながら町田はごまかした。

「この高校って野球部強いんですよ。俺、高校の時、コールドで負けましたもん」

有名私大の付属高校だった。甲子園にも出たことがある。福住はその高校の野球部に所属していた。そのまま大学に進んで山ノ内不動産に就職している。

良多は諦めたようで、また双眼鏡を覗く。

独身の大人の男女が付き合ってから一年も経っているのだ。性交渉がないわけがない、と町田は思っていた。

だが「してる」と答えようものなら、「なんでだ?」「どうしてだ?」と答えようのない質問をくり返して、最後には理不尽な理由で叱られたりしそうなので、絶対に言いたくなかった。

真悟は三球三振でアウトになった。まったくバットを振る気配がなかった。

「振らなきゃダメだ。振らなきゃ」とまたも大声で福住が真悟を叱った。

「ドンマイ、ドンマイ」と響子がフォローしているが、真悟は表情を変えずにそのまま守備に向かった。

「馬鹿。アイツはフォアボールを狙ったんだよ」と言い出した良多を見ながら〝親馬鹿〟という言葉を町田は思い出した。

「なんだよ?」と良多がまた突っかかってくる。機嫌が悪い。

「あ、グローブ、買われちゃいましたね」と町田は、ライトに向かって走る真悟を見ながら言った。

「ウウ」とうめいて、良多は双眼鏡で真悟のグローブに焦点を当てているようだ。

「ミズノだな」とうめくような声で良多は言って、ため息をついた。

町田は声をあげて笑いそうになったが、どうにか堪《こら》えた。

ミズノのグローブは出番がなかった。ライトを守っていた真悟のところにボールは飛んでこなかったのだ。試合はそのまま終わって真悟たちのチームが大差で負けた。

試合が終わると、響子と真悟は福住の車に乗り込んだ。七人乗りのミニバンだった。

町田の運転で福住の車を尾行する。助手席の良多は目をぎらつかせて黒いミニバンを見つめている。

福住の車は後楽園《こうらくえん》に向けて走っていた。やがて福住が車を停めたのは東京ドームシティのスポーツ施設だった。ゴルフ打ちっぱなしにバッティングセンターやボルダリングなどの施設がある。

地下に大きな駐車場があったので、少し時間を置いてから町田は駐車場に車を入れた。しかし、三十分で四百円とかなり高額だ。町田がその金額を指さすと良多はニヤリと笑うだけだ。当然払う気はない。町田はため息をついて駐車した。

隠れて見ていると、福住の後ろを響子と真悟がついていく。

「行ってきます」と町田が車を降りて後を追った。

福住たちの行き先を突き止めると、町田はすぐに車に取って返した。

「バッティングセンターに入りました。真悟くんに教えるつもりみたいっすね」

良多はしかめっ面をした。息子が他の男に叱られたりするのは嫌なものだろう。


不機嫌だった良多の顔に笑みが浮かんだ。真悟が打席に立つのを嫌がったのだ。それを福住が説得して打たせようとするが、真悟は頑として受け付けなかった。その険悪な雰囲気をゆるめるために「じゃ、私がやろう」と響子がバットを手にして打席に向かった。

良多と町田はバッティングレーンの一番端にあるストラックアウトで、ボールを投げるふりをしながら響子たちの様子をうかがっている。

響子が「行くぞ〜」などと、おどけて大きな声を出している。バットにボールが当たると「キャッ」などと少女のような声ではしゃいだ。

すると今度は「よ〜し、お手本見せてやる。いいか腰で打つんだ。腰で」と福住が言い、響子に脱いだジャケットを手渡して、打席に入る。

響子はそのジャケットを大切そうに畳んでいる。丁寧に愛《いと》おしそうに。

一球目から快音が響いて福住が球をはじき返した。

「すご〜い」と響子が華やいだ声を出している。真悟も目を見張っている。

続けてまたバットが球を捕らえて大きな音が響く。

響子は「すご〜い」とまた感嘆の声をあげた。

そんな響子と畳まれた福住のジャケットを良多は黙って見つめ続けていた。


響子たちはベイサイドにある大きなホテルに入った。町田が確認しに行ったところ高級なフレンチレストランに入ったということだった。

「ディナーが一人、一万五千円から、ですって」と笑った。

「うるせぇ」と良多は町田をにらんで、夜食にコンビニでおにぎりでも買ってきてくれ、と頼んだ。もちろん財布を取り出そうともしない。

「はいはい」と町田はコンビニに向かった。


東京湾に臨むレストランのテラスからの夜景は素晴らしかった。無数のライトのきらめきでしかないはずなのだが、かすかに香る潮の匂いと相まって、特別な気分にさせてくれた。

響子は潮風が頬を撫でる心地よさに浸っていたかったが、福住はまだ野球が頭から離れないようだった。しきりに真悟に野球の〝心構え〟を説いている。少しバッティングをほめすぎてしまったのかもしれない、と響子は悔いた。

福住は素直だった。ほめれば喜んでくれるし、いさめれば退《ひ》いてくれる。だが喜びすぎて過剰になることがあった。その矛先が真悟に向かっていた。

「代打で見逃しなんて一番もったいないだろ。人生と一緒だぞ。勝負しないとな」

福住がいくら熱く言い聞かせても、真悟は浮かない顔で黙り込んでいる。

「次は頑張るよねぇ」と困った響子が取りなした。

「……だって、フォアボール狙ってたんだもん」

意外な言葉に響子も驚いたが、福住は「え？」とまた大きな声を出した。

「そんなんで塁に出たってヒーローになれないだろ？」

真悟は福住の顔を見ようともせずに「別になれなくたっていいもん」と言った。すねている風ではない。本気でそう思っているようだった。

そこに店員がやってきた。

「お食事の支度が整いました。お席にどうぞ」と告げる。

店内はほぼ満席だった。人気のレストランなのだ。福住が予約した席は窓際で眺望が最高だった。

「じゃ、真悟のヒーローっていないの？　尊敬する人っていうかさ……」と福住はなおも粘る。

響子は心配になったが、福住なりに真悟とコミュニケーションを図ろうとしているのだ、と思った。

ところが真悟は冷めた表情で「おばあちゃん」と答える。

「え？　身内はダメなんだよね、お受験だと。尊敬する人」と福住が返す。

真悟は〝お受験〟をしたこともなければ、中学受験を考えたこともない。なぜそんなことを福住が言い出したのか、響子は分からなかったが「へえ、そうなんだ」と相槌《あいづち》を打っておくことにした。

真悟は席に着かないで、テーブルを素通りしてしまう。

「おトイレ？」と響子が問いかける。

「うん」と真悟はあくまでもマイペースだ。

「大丈夫？」と福住も真悟に声をかけた。やはり気をつかっている。

「大丈夫」と背を向けたまま言って真悟はトイレに向かった。

二人きりになると福住が口を開いた。

「おばあちゃんのトコはよく行くの？」

さりげなさを装いつつも探るような調子だ。

「うん、たまにね……」

響子は極力、良多に関する話を避けている。

「会わないといけないの？　まだ」

「いけなくはないけど、真悟が懐いてて」

なぜだか弁明しているようになった。

「別に止めはしないけどね。君は早くにお母さんを亡くしているわけだから……」

「ありがとう。うちの母とは全然違うタイプなんだけど……」

やはり歯切れが良くない。福住がさらに踏み込んでくる。

「そのお母さんはともかく、離婚した彼とはもういいんだよな？」

良多には気持ちがないことは福住に充分に伝えてある。福住が問題にしているのは真悟のことだった。

「ええ」と言ってしまってから「どうかな」と保留しておこうという気持ちが働いた。

福住に約束してしまうと、真悟に、父親に会うな、と命じることになる。それがためらわれたのだ。そうすることで逆に真悟の気持ちが父親に向いてしまうのではないか、と。

すると福住が鋭い目になった。

「真悟にも良くないと思うんだよ。ごめんね、こういう言い方して……。なんて言うかそういう社会的にちゃんとしてない男と会うのは」

唐突に出たお受験の話も意味が分かった。真悟を自分の息子として育てる時のビジョンを描いているのだ。福住は名門の私立小学校に入学してエスカレーター式に大学まで進んでいた。恐らくは真悟にもその道を進ませようと考えている。

「うん、でも……」と響子はためらった。

黙ったまま福住はまっすぐに響子の目を見つめる。決意を促しているのだ。

「でも、元々は小説家なのよ。今はちょっとアレだけど……」

「読んだよ。賞もらったヤツ。アマゾンで買って」

これは意外だった。福住の部屋を訪れた時、その部屋には一冊も小説がなかった。ビジネス啓発書の類しかなかったのだ。

「どうだった?」

「時間の無駄とは言わないけどさ。テーマがよく分かんなかったな、僕には」

返事に迷った。それは響子がずっと大切にしてきたものだった。切実な言葉で交わされる会話が紡ぎ出していく人間の愚かさと残酷さと優しさ、そしてかすかな希望。この物語を響子は愛した。いつか自分でも物語を作りたいと願った時期もあった。良多が生活者として失格だとしても、『無人の食卓』はそんな響子にとって目標となる一冊だった。「よく分かんない」という言葉に同調できなかった。

嫌味にならないように、皮肉に聞こえないように、と響子は曖昧に返事をした。

「……それはそうかもね」

福住は同意と受け取ったようで「やっぱりそう思う？　そうだよね」と言って笑った。

レストランのトイレは店を出たところにあった。ホテルの共有部分だ。広いトイレに真悟が入ると、他に人はいなかった。

用を足していると、背後で人の気配がした。その人影が隣に立った。しかも真悟の股間を覗き込んできた。

「お、だいぶデカくなったな」

良多だった。真悟は驚いて声をあげたものの、すぐに「なにしてんの？」と冷たい目を向けた。

「一緒にいても、いなくても、パパはいつでもお前のことを見守ってるからな」

「ストーカーだよ、それ」

「ストーカーとはなんだよ、実の父親に向かって」

真悟は返事をしない。

「アレが彼氏か？」

「うん」

「どんなヤツだ？」

真悟は少し考えてから「声大きい」と答えた。

「へえ、恥ずかしいな、それ」

父親に理解してもらえたのが嬉しかったようで、真悟は大きくうなずいた。

「結婚するって言ってたか？　ママは」

「知らない」

「聞いてみな、今度」

「うん」と答えて、真悟はジッパーを上げて「行くね」と告げた。

「おう、日曜な」と威勢のよい声で応じる。

真悟は洗面台で申し訳程度に手を洗ってレストランに戻った。

だがその直後に慌てて戻ってきた。

「お金、大丈夫？」

母親から聞かされる父親の話は金のことばかりなのだろう、と良多は思った。以前は響子は真悟の前では金の話をしないようにしている風だったが、離婚を決意した辺りから、あけすけに金の話をするようになった。当然といえば当然のことだ。良多も真悟を楯《たて》にして金の話題から逃げるようにしていたのだから。

「バッチリだよ、心配すんな」

真悟は薄く笑って戻っていった。大人びた笑みだった。なにかを諦めているかのような。

その笑顔の残像が良多の頭から離れなかった。

響子と真悟が暮らしているのは、高円寺の駅から歩いて二十分ほどの場所にある小さなアパートだ。木造ではないが築年数は三十年以上経っている。外階段で二階の角部屋だ。家賃は2Kのバス・トイレ付きで五万円と格安だ。離婚後に、仕事上の付き合いで懇意にしていた大家から直接に借りることができたのだ。

それでも響子の給与だけで暮らしていくのは厳しかった。

「頭、撫でてんな」と車の中で良多が憎々しげに言った。車を物陰に停めて、響子たちの様子をうかがっているのだ。アパートの前に福住の車が停まっていて、真悟と響子に別れを告げている。

ここに来るまでの間に「泊まったりしねぇだろうな」とか「なんでこんな遅くまで小学生を連れ回すんだ。野球で疲れてるのに」などなど、良多は止まることなく文句を言い続けた。

「早く中に入れよ」と良多の恨《うら》み言は止まらない。

だがようやく福住は車に乗り込んで、響子たちはアパートの階段を上がっていく。

良多は大きくため息をついた。

「知らない方が良かったんじゃないですか？　相手の男のことなんか」

町田に言われて良多はまた大きなため息をついた。


翌日の朝一番で良多に嬉しい電話があった。かつて文芸誌を担当していたが、今はコミックの編集をしている三好《みよし》からの電話だった。一度お会いしてお仕事の話をしたい、とのことだった。

良多は事務所に休むと告げて、一張羅のスーツを身につけると、慌てて出版社に向かおうとして、ハタと気づいた。金がないのだ。ポケットに百二十円しかなかった。

服やズボンのポケットを片っ端から探った。すると全部で、百円が二枚と十円が二枚。さらに五円玉と一円玉で二十円ほどかき集められた。行くことはできるが帰れない。

あることを思い出した。緊急の時に、とキーホルダーの小さな物入れに千円札を小さく折り畳んで挟んでおいたのだ。離婚してからは鍵は一つだけだったので、キーホルダーは使わずに机の上に置きっぱなしになっていた。慌てて開いてみるとそこに千円札があった。拝むようにしながら押し広げる。

池袋まで歩けば代々木《よよぎ》まで百六十円だから余裕で間に合う。

良多はほっとして家を出た。

約束の十一時より十分前に出版社のコミック編集部に到着していた。だが三好は打ち合わせ中ということで、編集部の空席で待たされた。応接室に通されたりはしない。若い社員がコーヒーを出してくれたが、すぐに飲んでしまった。やはり出涸《でが》らしではないコーヒーはうまい。お替わりが欲しいほどだったが、編集部の人々はとても忙しそうに立ち働いていて、誰も良多に目を留めない。

次第に良多は自分がぼんやりと座っていることに、居心地の悪さを感じ始めていた。時間は十一時を十分過ぎた。書かない小説家など、そんな扱いだ、と思っていると「篠田さん」と三好が現れた。

「すみません。僕の方からお呼びしたのにお待たせしちゃって」と三好は隣席の椅子を引き寄せて座った。

「いえ、今、来たばかりなので」と良多は言って、頭を下げて続けた。

「この間はすみませんでした。お役に立てないのにご飯だけごちそうになってしまって……」

三好は生粋の小説好きだった。良多とは年齢も近く、文学の趣味も合う。まだ文芸誌を担当していた頃には、やはり同年代の編集者の笹部《ささべ》と三人でよく飲み歩いたものだ。

良多がまったく小説を書かなくなって次第に疎遠になっていた。だが三好は折に触れて良多を誘い出してご馳走してくれる。もはや社会的に作家とは認知されていない良多に接待は許されない。三好のポケットマネーだ。

「でも、あのお店はちょっとダメでしたね。胃もたれしませんでした？」

三好はコミック編集部の部長をしているはずだが、ポケットマネーでは高級店に連れていけない。

「いえいえ、とてもおいしかったです」

久しぶりに口にした焼肉だった。どんな大衆店だとしてもまずく感じるはずもなかったし、胃もたれなどしなかった。飢えた身体が余さず吸収してしまった。

「実は、篠田さん、マンガの原作なんて興味ないか、と思ってですね」

「マンガ……」と良多の顔が曇る。

「ええ、今、人気急上昇中の石島哲治《いしじまてつじ》っていうマンガ家が今度ウチのコミックパンチで、ギャンブルものの連載をすることになったんですが、その辺りに詳しい人を探してまして、篠田さんに……」

「まあ、詳しいことは詳しいですけど……」と良多は口ごもる。

「どうですかね？　新しい土俵で勝負してみるっていうのは、バイトだと思って」

「バイトですか……」

「いや、割といいお金にはなると思うんですが」

三好も良多の懐具合は分かっていた。三好が傷つけないように言葉を選んでくれているのは良多にも分かった。

三好は自分のデスクに用意していた石島のマンガの単行本を四冊、良多の前に置いた。野球マンガだった。目が大きくて線の細い少年が、振りかぶって球を投げようとしている姿が表紙に描かれている。

手に取って中をぱらぱらとめくってみる。それでなんとなく内容が分かるような、月並みなマンガに思えた。表紙を見ると石島の名前だけしかない。ネタが尽きて原作を求めているのだろうか。

「名前、出ちゃうんですよね？」

良多の問いかけに三好は意味が分からない、というように良多の顔を見つめたが、すぐに繕《つくろ》った。まだ自分の〝名〟にとらわれていることに驚いたのだ。もとより篠田良多という名に価値があるから原作者として載せたいわけではないだろう。だが三好は良多のプライドを傷つけなかった。

「いや、ペンネームでも大丈夫です。篠田さんのキャリアに傷がつかない形で……」

するど良多はマンガを元に戻した。

「実は、今、仕上げを急いでいる小説があるんですよね。聞いてないかな、文芸部の笹部さんから」

良多自身もなぜそんなことを言い出したのか分からなかった。笹部から小説を書いてください、と口頭で依頼されたのは十年以上も前だ。それからまったく書いていない。もうたまに飲み会で顔を合わせても、笹部はその依頼に触れようともしない。仕上げどころではない。まだ一文字も書いていないのだ。

マンガ原作の仕事を依頼されたことでプライドが傷ついたのは確かだ。小説のオファーだとばかり思って急ぎ駆けつけたのだから。だが〝小説家としてのプライド〟など何も書けない十五年間も持ち続けようがなかった。恐らくは過去の栄光への執着でしかない。

「ああ、そうでしたか。だったらこんなものよりも、そっちを読んでみたいなあ、僕としても」と三好はすぐに撤退した。

良多はそのマンガをじっと見つめていた。過去への執着と戦いながら。

ポケットに千円札があると、少し気が大きくなってしまう。良多はしばし考えた。この千円をどう使うのが一番有効かを。最初に頭に浮かんだのはパチンコだった。だが千円では心もとない。新橋《しんばし》まで出るか。後楽園か……。

良多は携帯電話を取り出してメールをすると駅に向かって歩きだした。手にはマンガの入った紙袋がある。結局、マンガを預かってきたのだ。「一応読んでみる」という最後のあがきにも似たポーズはつけた。三好は「是非前向きに検討してください」と頭を下げた。

ギャンブルなら取材はいらない。逸話も山ほどある。これで仕事になったら、注ぎ込んだ分をいくらか取り返せるかもしれない。売れるとマンガは純文学とは比較にならないほどの数字を叩き出す。

だがとりあえずは日曜日に息子と過ごすためのお金を捻出しなくてはならない。確実な方法で。

代々木からJRを三本乗り換えて、東所沢《ひがしところざわ》の駅に降り立った。そこから二十五分歩いて辿り着いたのは和菓子屋の新杵だ。創業百年を超える老舗だ。本店が清瀬の地に移されたのは昭和六十三年だが、以来、地元に根付いている。

良多の姉の千奈津は、この新杵で、販売員としてパートをしている。良多がメールをしたのは千奈津だった。これから行くから、いくらか用立ててくれないか、とメールしたのだ。返信はなかった。

〝着いたよ〟と再び新杵の前でメールする。

出てくる気配がないので、店の中に入った。すると、すぐに気づいたようで、千奈津はエプロンに三角巾をかぶった姿で出てくるなり、良多をジロリとにらんで、外に行け、と目で合図した。

千奈津は怒りをあらわにして大股で歩き、店の脇のひと目のつかない場所に良多を案内した。

「こういうのやめようって言ったよね」と千奈津が切り出した。これが初めてではないのだ。

「分かってるって、でもピンチでさぁ」

「あんた、いつだってピンチでしょうが。チャンスだったことある？」

姉は母親ゆずりの毒舌家だった。切れ味の良さも似ている。

「書けそうなんだよ、久しぶりに。で、探偵の方をそろそろアレしたくてさ……」

千奈津は良多の言葉を手をあげて押しとどめた。

「また私たちのこと書いたら承知しないからね」と千奈津の顔色が青ざめている。本気なのだ。

『無人の食卓』が受賞した時には、千奈津も喜んでくれた。本を送れ、と連絡してきたが良多は渋った。結局、千奈津は自分で購入したようで、後日、良多は長々と説教をされる羽目になった。

本には家族の逸話が山ほど盛り込まれていたのだ。特に、千奈津が姑との険悪な関係を実家で話したことが、ほぼそのまま描かれていた。だから、千奈津の夫の実家――中嶋家――には受賞のことは内緒にされた。幸いなことに中嶋の父も母も書店に足が向くタイプの人たちではなかったので、ことなきを得たようだった。中嶋家では良多の職歴はフリーターから探偵になったことにされている。

もし、あれがバレていたら大事だった。

「表現の自由だろ」と良多は反発する。

確かに家族の逸話は少なからず使っている。だがそれを加工して、物語を構成してまとめ上げるのは、至難の業なのだ。それでなければただの世間話にしかならない。

「プライバシーの侵害でしょ」

千奈津の反撃は見事に良多を黙らせた。さらに千奈津は釘《くぎ》を刺した。

「言っときますけどね、家族の思い出はあなただけのもんじゃありませんから」

これにも良多は返す言葉がなかった。しかし、いい言葉だ。後でメモをしよう、と良多はお気楽に考えていた。

〃家族の思い出はあなただけのもんじゃない〃。

「どんなの、書こうとしてんの？」

千奈津が探りを入れる。

「なんかさ……。カナダでは赤ん坊を養子にもらった時に六週間ぐらいは産んだ母親が〃やっぱりやめた〃って言える規則があるんだって。だから引き取った夫婦はずっと不安に怯《おび》えながらその六週間を過ごすんだけど、そんな話を、今ね……」

「それって探偵してんのと、なんか関係あんの？」

千奈津の言葉に良多は「うう」とうめくことしかできなかった。

「もう諦めたら？　十五年でしょ、島田しんすけ賞もらって」

「ワザとだろ。島尾敏雄だよ。島しか合ってないじゃないか」

するとすかさず千奈津は毒を吐いた。

「芥川《あくたがわ》賞なら、私だって間違わないわよ」

やはり良多は口答えができない。

千奈津はさらに追い打ちをかけてくる。

「お金ないくせに、お小遣いなんかあげて」

不意をつかれて良多は言葉を詰まらせた。

「母さん、喜んで電話かけてきたわよ。おかしくないですか？　それで私から借りるのは」

「いや、心配させたくないんだよ。金のことで、親父のこともあるし……」

千奈津は冷たい目で良多の言葉を遮った。

「お父さんも来たわよ、ここに。死ぬ一カ月前に。そこでそうやって〝金、貸してくんないか〟って」

これまた良多は返事ができない。

「情けなくないですか？　嫌なんでしょ、お父さんと比べられるの」

「いや、でも、親父とは状況が違って……」

「同じよ。あんた、お父さんとそっくり同じことしてる」

良多は黙ってうつむいてしまった。

「お父さんだって地道に働いていたら、今頃、母さんだって団地暮らしは卒業できてたんじゃない？」と千奈津が諭すように言った。

「そうだよな。目黒《めぐろ》あたりにデーンと大きな家、建てて言ってたもんなあ」

千奈津と良多の父親は、中堅家電メーカーの通信機器の製造工場に勤めていた。薬品を製造する職人としての腕もあったのだろうが、通信と化学の知識があったために、研究施設にも出入りしていたようで、良多が職場に遊びに行くと、白衣を着ていたり、作業着だったりとまちまちだった。

どちらにも精通している父親は、会社としても重宝だったのだろう。父親もそれを承知で、無断で休んだりした。クビにできないだろう、という自信だ。給料が出るとそれを持ってどこかに行ってしまい、家に帰ってこなくなる。もちろん工場にも出勤しない。

その間、何をしているかというと、競馬、競輪、競艇、オート……と公営のギャンブルを追いかけて関東一円を旅して歩いているのだ。給料を使い果たすと借金してくる。たまに大儲けをしても、それを飲み食いと女に使い、さらにギャンブルに使い込む。もちろん毎月ではなかったが、家計は逼迫していた。

会社に重宝されていたのだから、マジメに働いていれば、昇給もあって、役職も得られたかもしれなかった。だが時折蒸発してしまう社員を厚遇してくれるはずもない。持病があった膝の具合が悪化して、歩行に支障を来していることが発覚すると、すぐにクビになった。

それからもギャンブル癖は治ることがなく、痛む足を引きずりながら、パチンコなどの近場でできるギャンブルをしていた。年金をもらうようになってからも、ほとんどすべてをそれらに注ぎ込んでしまっていた。

そんな父親のもとで、良多が大学まで進学できたのは、偏《ひとえ》に母親がしっかり者だったからだ。良多たちが大きくなってからは、工場にかけあって先回りして父親の給料をがっちりと押さえ込んで決して離さなかった。

　それでも父親はなんとか金を見つけ出して……。その繰り返しだった。

「練馬に住んでた時、母さん、通帳と印鑑をストッキングに入れて、丸めて米びつの底に隠してたろ」

「ああ、そうだったね。それでもお父さん見つけてさ。米粒が台所の床に落ちてんの見つけた時の母さんの、慌てようったらなかった」

　それ以来、母親は米びつごと撤去してしまったのだ。まるでそれが諸悪の根源だとでも言うかのように。

「米びつなくなってからは、どこに隠してたんだっけ？」

　千奈津は怪訝そうな顔で良多を見やった。

「なんで？　天袋じゃなかった？　押し入れの上の。父さん、足が痛かったから高いところに上がれないって」

「ああ、そうか」押し入れだけの捜索で諦めてしまったのは甘かった。いつも、そうだ。あと、一つ足りないのだ。

「なによ？」と千奈津に尋ねられて、これ以上探られないうちに良多は話を変えた。

「ああ、そう言えば、母さん、クラシック聴いてたな」

「近所のおじいちゃんでしょ。仲良くしてんのよ。昔、中学だかの先生だった人」

「付き合ってんのか？」

「え？　まさかあ」

「分かんないよぉ。調べとくからさ、調査費」と良多は手を差し出した。

その手を思い切り千奈津に引っぱたかれた。


旭が丘団地の2-2-6号棟の一室に、淑子とその仲間の女性六人が集まっていた。仁井田の居間だ。元々は畳の部屋だがその上に絨毯《じゅうたん》を敷いて洋間の体裁になっている。ピアノの上に、仁井田が指導していた中学校の合唱部がコンクールで賞を取った時のトロフィーが二つ飾ってあった。

ソファだけでは足りなくて、台所から椅子を三脚、運び込んでいる。

ピアノの横には古いが立派なステレオセットがあった。CDプレイヤーもあるが、仁井田はレコードのコレクションの方が多い。なにより大きなレコードはありがたみがある。

予告していた通りにベートーベンの弦楽四重奏第十四番嬰《えい》ハ短調百三十一番がかけられている。淑子はうっとりと曲に耳を傾ける。曲の演奏時間は三十八分だが、時折仁井田が曲を止めてうんちくを語るので一時間近くかかってしまう。

「ベートーベンの作品の中でもこれは会心の作品で、シューベルトはこの作品を聴いて〝この後で我々に何が書けるというのだ〟とつぶやいたと言われていますね」

するとと最前列のソファに座っていた森《もり》が「映画で見ました。これ……ねぇ」と隣に座っている市村《いちむら》に話しかける。市村も「ああ、アレね」と応じる。

「なんとかホフマンって死んじゃった人が出てるヤツ」と森は仁井田に顔を向ける。

「ホフマン？」と仁井田は分からないようだ。

「デア・ハンターのあの人も出てて……」と森がなお映画を語る。

「デア？　う〜ん、私は最近の映画を見ないからな」と仁井田は困惑する。

森と市村が見たという映画は『25年目の弦楽四重奏』というアメリカ映画だった。若くして亡くなったフィリップ・シーモア・ホフマンが主演で〝デア〟ではなく『ディア・ハンター』のクリストファー・ウォーケンが共演している。弦楽四重奏団のメンバー四人の葛藤を描いた人間ドラマでヒットはしなかったものの、名作の呼び声が高い。

森と市村は音楽ばかりか映画にも詳しい。彼女たちはいずれも〝分譲組〟だ。

なぜかいつも自然と分譲組が最前列のソファに陣取り、話の主導権を握ってしまうことを淑子は快く思っていなかった。音楽から脱線してしまうのも気になっていた。淑子も負けじと、CDのライナーノートに書いてあった知識を披露する。

「先生、これ、ベートーベンが亡くなる前の年に作ったんですよね？」

するとて仁井田は我が意を得たりとばかりに満面の笑みになった。

「そうなんです。五十六歳ですから、今で言えばちょうど私たちぐらいの老人ですよ」

すると、ジャージ姿の四十代後半の女性が部屋の脇を通ってトイレに入った。

その表情から、ここでサロンを開くことを不快に思っていることが察せられた。

「先生の娘さんよ」と隣に座っている〝賃貸組〟でクラシック愛好家の長岡が淑子に耳打ちする。

「ああ、バイオリンをやってる」

「もうやめちゃったらしいけどね」

つまり無職で独身で家に居ついているということだ。他人の視線は煙たいだろう。

仁井田はそんな娘にちらりと視線をやるがすぐに逸らして話を続ける。

「この曲を作った時にベートーベンは〝創造力は昔と変わらない〟って手紙を友人に出してますからね。私たちだってまだまだ老け込むのは早いですよ」

「そうよねぇ」と言う声があがる。

「こういう音楽番組、テレビでやってくれればいいのに」と言い出したのは手代木《てしろぎ》。やはり分譲組だ。

「そうよねぇ」と分譲組が賛同する。賃貸組の淑子と長岡は、その中には入らない。

「いや、実は、若い頃にちょっとそういう話があったんだけどね、3チャンネルで」

NHK教育テレビのことだ。だが実際には指導していた合唱部に取材の申し入れがあって受けたのだが、流れてしまったということだった。とかく昔話は〝ふくらむ〟。

「音楽の神様に失礼なような気がしてね。お断りしましたけど」となおもふくらんだ。

「あら、もったいない」と声があがる。

「でも、先生を独り占めできて私たちには良かったわあ」と森が皆を笑わした。

仁井田は楽しそうに笑っている。だがトイレで水を流す音が聞こえると、仁井田の笑みが小さくなった。

裕福そうな分譲組も、なにか抱えていたりするものなのだ。

「でも、こうやって集まってると、誰か具合が悪くなったりしても分かっていいわねぇ」と長岡が言った。

「ホント、孤独死とか困る」と言いながら市村は身をすくめる。

「賃貸なら、構わないけど、分譲でそんなことになったら資産価値下がっちゃうし……」と手代木が言い出した。

淑子と長岡が賃貸と知りながらも、そんなことを気にする素振りはまったくない。この会の発起人で長岡と淑子を誘ってくれた森が申し訳なさそうな顔で淑子たちを見た。

淑子は笑顔で会釈してみせる。

淑子は長岡と連れ立って賃貸の棟へと帰っていく。そして他の五人は分譲の棟に別れる。いつも感じている引け目。それはもう淑子の身体の一部になってしまっていた。


淑子は部屋に戻ると、〝アイス〟を二つ作った。カルピスと水をコップに注いで冷凍庫に入れる。良多と食べてしまったのが最後の二つだった。文句を言いながらも良多は喜んで食べていた。まだ暑い日もあるだろう、と次にいつ来るか分からない息子のために用意しておく。

ペットボトルに水を入れるとベランダに出て植木に水をやる。ミカンには念入りに水を与えた。

しばらくミカンを見つめると、やがてベランダの手すりにもたれかかって遠くを眺めた。

まだ周辺には雑木林が残っている。青い空が目に染みる。

淑子は遠くを見つめて待っていた。あの青い模様の大きな蝶が飛んでくるのを。

千奈津からなんとか三千円を借りて、良多は事務所に出社していた。報告書を書かなければばならなかったのだ。

早々に報告書を書いて、良多は三好から預かったマンガを読み始めた。案の定、ステレオタイプのキャラクターに、リアリティを欠いた試合進行と、甘ったるい恋愛劇まである。うんざりしながらも、こちらが主導権を握れれば、ハードな物語を紡げるかもしれない、と思ったりもする。コミックパンチは青年誌だから許容されるだろう。

所長と町田は接客中だった。別れた妻に新しい男ができて、その男がどうも怪しいので素行調査をしてくれ、というのだ。

「あんな男に紀子《のりこ》を幸せにできるわけがないんです。お願いします」

男は今にも泣きだしそうな情けない顔で、所長と町田の手を握ってから帰っていく。

「じゃ、町田。これお前一人で担当してみるか？」

「はい」と町田がはりきった声を出した。三年目の一人立ちだった。

「がんばれよ、青年」と良多が茶化す。

「簡単な素行調査だからよ。ま、場合によっちゃ、愛美をお前につけるから」と所長が言うと「やった」と町田は弾んだ声を出した。

愛美に好意があることを町田は折に触れてアピールしているが、愛美はまったく取り合ってくれない。

コーヒーカップを片づけながら愛美は「もう別れたんだから誰と付き合ってもいいじゃないですか。未来にヤキモチ焼かなくたって」と新たな依頼主を非難した。

「ここにも一人いるけどな」と所長が良多を指さした。

「いやいや、俺のはヤキモチなんかじゃないですよ」と良多は否定する。

「ヤキモチじゃないんだったら、なんなんですか？」と愛美が真顔で聞いてくる。

良多はしばし悩んだ末に「責任感？　かな」と自信なげにつぶやいた。

「ただの未練じゃないですか」と町田に突っ込まれると、良多は「こら、お前、大体未練って意味分かってんのか？」と見当違いの反論をした。

「分かってますよ」

「じゃ、漢字で書いてみろよ」ますます脱線していく。

町田が指で空に書いてみせると「馬鹿、一本足りないよ」と言って溜飲《りゅういん》を下げた。

「男はさあ」と所長がタバコに火をつけながら言った。

「失《な》くして初めて愛に気づくわけよ。篠田も今頃んなって女房の写真とこうして寝てたりして」と所長は写真を抱きしめるマネをして泣き顔を作ってみせた。

するとすかさず愛美が「所長も抱いて寝てたりして、二枚」とからかった。

所長はバツ2の独身だ。

「俺は愛美ちゃんと寝たいな」と所長が切り返したが、愛美は取り合わない。所長たちの楽しげな応酬をよそに良多は黙り込んでいた。

翌日は朝からビラ貼りの仕事があった。迷い猫を捜すためのビラを、南阿佐ケ谷の一帯に二百枚、貼る仕事だ。そして猫の集まりやすい場所で定点観測もする。動き回るよりも猫の場合はこの方が確率が高い。

良多と町田は南阿佐ケ谷の路地を並んで歩きながら、電柱にビラを貼り付けていく。町田は小さな折り畳み自転車に乗っていて、前カゴにはチラシが入っている。

その隣を良多が身体中にガムテープを貼り付けた姿で歩く。町田がチラシを押し当ててそれを良多がテープで留めるのだ。

「猫捜してる場合じゃねぇんだけどな」と良多がぼやく。

朝から、ずっと良多は町田に元妻と息子の真悟、そして声の大きいガサツな男のことをしゃべり続けている。

「それを未練って言うんですよ」と町田は何度も突っ込んだが、良多の愚痴は止まらなかった。

「そんなに好きだったんですか？　家族」と町田が尋ねた。

「当ったり前だろ」と良多は憤慨する。

「でも、離婚するまで家族の話なんて、一っ言も出ませんでしたよ」

三年前に事務所に入った時、町田は良多が独身なのか、と思っていたくらいだ。いつも金に困っていたし、事務所で寝泊まりしていることもザラだったからだ。

「そんなことないだろ？」と言いながらも良多は自信なげだ。

「そんな取ってつけたように家族のこと心配しなくてもいいじゃないですか。向こうが再婚しちゃえば養育費を払わなくても良くなるんでしょ？」

「でも、そうしたら会えなくなるだろ、息子に」

「会いたくなったら、向こうから来ますって」

「ホントに？」

「ええ、どんなに母親に止められたって」

「行ったんだ？」

「ええ、二十歳の時に」

「そんなに待てないよ」

町田の両親も離婚している。町田が十歳の頃だ。そして母親に引き取られて育った。父親は良多とは違ってマジメな人だった。ただ母親とはいさかいが絶えなかった。恐らくは〝性格の不一致〟というヤツだった。結婚してはいけない男女だったのだろう。現に離婚が決まった時に幼心にも町田はほっとしたほどだ。

だから父親が嫌いだったわけではなく、会いたい気持ちが強かった。しかし、母親は決して許さなかった。父親を憎んでいたのだ。

そのせいとばかりも言えないが、町田は高校時代に少々グレた。禁じられているバイク通学で何度か停学処分になったあと、喫煙が発覚し退学になった。

そのことで〝高校中退〟と良多によくからかわれるが、実際はガソリンスタンドで働きながら定時制高校を二十歳の時に卒業している。

その頃に独り暮らしを始めて、父親に会いに行ったのだ。それからは時折行き来するようになったが、町田が山辺探偵事務所で働きだしてまもなく父親は脳梗塞を起こして他界している。

そんなことを思い出していると、町田の前を蝶がひらひら舞っていた。美しい大型の蝶だ。一見すると黒いのだが羽を広げると金緑色の鮮やかな模様があった。

「カラスアゲハだ。市街地で珍しいな」と町田は思わずつぶやいた。そしてもう一度目を凝らして「まさかミヤマじゃないよな。違うよな」とつぶやきながら飛び去っていくのを見送った。

「なんだ？」と良多が聞いてくる。

「いや、珍しい蝶だったんで」と町田は照れくさくてうつむいた。

「オタクか」

「オタクって」と町田は笑う。

蝶なんかにまったく興味がないと思っていた良多が、さらに聞いてくる。

「黒いアゲハ蝶でさ。羽んトコに青い帯みたいに模様がババーンッて入ってるヤツって知ってるか？」

「ああ、アオスジアゲハですか」

「やっぱりオタクじゃないか」

「じゃ、そういうことでいいっすよ」自分で聞いてきたくせに、と思いながら答える。

「それが実家のミカンの木でさ、葉っぱ食べてサナギになって飛んでくんだって。これ珍しいだろ？」

「あり得ませんね」

「だって、お前、写真見たぞ」

「アオスジアゲハの幼虫はクスノキ科の植物しか食べないんで。ミカンは食べません」

「でも、お前、間違って産みつけられちゃったら、食べるよりほかないだろう。好き嫌い言ってらんないだろ」

「好き嫌いの問題じゃないんです。大体、間違って産んだりしませんし。もし間違ったら食べないで死ぬだけです。子供ん時に何度も失敗してますから、間違いありません」

そう答えるとそれで良多は黙ったが、納得していないようだった。町田はスマートフォンで調べて良多に見せた。アオスジアゲハで間違いなかったし、食草もクスノキで間違いなかった。

そしてミカンで育つのはナミアゲハという、どこでも見かける蝶であることも。

良多はいきなり黙り込んでしまった。そして黙々とビラ貼りを続けた。


午後には良多と町田はとある私立高校の校門の前にいた。時間は十五時。下校の時間だ。門から出てくる高校生の顔を写真と見比べている。

町田は気乗りがしなかった。これも所長には内緒のアルバイトだったが、今度のは完全に犯罪だった。

浮気調査のためにホテル街で対象を待ち伏せしていた時に、学生服を着たままで年上の女とホテルに入る高校生を目にして、良多はすかさず写真に収めたのだ。

「なんで、ズボンの柄だけで、この高校の生徒だって分かったんですか？」と町田が尋ねる。

確かにグレーのチェックのズボンは珍しかったが、それがどこの高校のものかを判別するのは容易ではないはずだ。

「俺、ここの高校受けたんだよ。落ちたけどな」

「ひがんでるんじゃないすか。それで、仕返しですか？」と町田は呆れる。

「うるせぇ」と良多は言いながらも校門から目を離さない。

女の身元はよく分からなかったが、調査はしなかった。コストパフォーマンスが大事だ、と良多がもっともらしく言うのを聞いて町田は苦笑した。

蝶の話をした時に様子がおかしかったが、すっかりいつもの良多に戻っている。

「お前、なんになりたかった？　高校ん時……って言っても中退だったな」

「もう忘れました」と町田はそっけなく答えた。成人してからは誰にも言ったことがなかったが、実はプロ野球選手になりたかった。高校時代は真剣に甲子園を目指していた。結局、高校も中退してしまったが。「忘れました」と良多に言った言葉も決して嘘ではない。最近では、子供の頃の夢など思い出すこともなかった。

しばしの沈黙の後に良多が痺れを切らして「聞けよ」と強要した。

「なんになりたかったんすか？」と仕方なしに尋ねる。

「地方公務員」

「堅いですねぇ」と町田は声を立てて笑った。

「親父みたいになりたくなかったからな」

町田は茶化したくなったが「うまくいかないもんですねぇ」と言うにとどめた。

「あ」と良多と町田は同時に声をあげた。写真の高校生が校門から出てきたのだ。

良多は車を降りて高校生の後を追った。


年上の女の方を「淫行《いんこう》ですよ」と脅した方が、より大きな金を引き出せたはずだが警察に駆け込まれたりしたら面倒だった。だが高校生ならそういう知恵はない、だろう。しかも有名私立高校に通っている生徒なら、そこそこの小遣いを持っているはずだと良多は踏んでいるのだった。

高架下の人気のない場所で良多が呼び止めると、その高校生は良多と町田をにらみつけてきた。長身で顔も美形。いかにも年上にモテそうだ。

写真を見せて「淫行で相手が逮捕される」と脅した。写真とSDカードを三万円で買い上げてくれ、と要求する。戸惑っていたようだが、すぐに「銀行で金を下ろしてくる」と高校生は言った。

良多は学生証を預けるように言って、銀行に行かせた。名前は真田《さなだ》だった。

「五万は行けたかあ」と良多が言うと、町田はかけていたサングラスを外した。

「これただのユスリですからね」とまたサングラスをかける。後ろめたいのだ。

「うるせぇ、俺は息子に会うためなら、どんな危ない綱も渡るんだ」

「〝橋〟ですよ」と町田は間違いをただす。

「え？」

「〝危ない橋〟ですって」

「綱みたいなもんだろ」

「開き直っちゃったよ、大卒が」

「嫌なら付き合わなくたっていいんだよ。俺一人でやるから」

「俺、良多さんには借りがあるんで」と町田はつぶやくように言った。

「借り？　なんだよ？」

「いえ、覚えてないんなら、いいです」

「言えよ」

「いえ」と町田は黙り込んだ。

良多が忘れてしまうのももっともな些細《ささい》なことだったのかもしれない。だがそれは町田には忘れがたい記憶だった。

まだ探偵事務所に入って一年も経たない頃だ。良多を助手席に乗せて、町田が運転して中野の狭い一方通行の道を走っていた。車の暖房が弱くて寒かったので、風量を調整するボタンを町田が操作した。その瞬間「バカ！」と良多が怒鳴って助手席からハンドルを切った。町田はフルブレーキを踏み込んだ。

一瞬、目を前方から逸らした瞬間に、前を走っていた小さな男の子の自転車が電柱を避けて車道に膨らんできたのだった。間一髪だった。ブレーキだけでは間に合わなかった。ハンドルを切ってくれたことで殺人者になるところを免《まぬが》れたのだ。

当の男の子は何事もなかったかのように振り返ることもせずに走り去った。

普段なら、ボタン操作で前方から視線を外すようなことはしなかった。

だがその日の朝に、父が脳梗塞を起こして入院したことを伯母《おば》から知らされたのだった。

「気になるだろ。言えって」と良多が催促すると、そこに真田が戻ってきた。

ひどくふてくされた様子で、カバンから銀行の封筒に入った金をよこした。

「あんまり火遊びすんじゃないぞ」と言いつつ良多は中を調べる。確かに三万あった。

「遊びじゃないですよ」と真田は怒りのせいか震える声で言った。

「どうせ向こうは遊びだよ」と良多は嘲笑して、学生証と写真、ＳＤカードを手渡した。真田はそれをひったくるようにして奪った。

そして良多を見据えて告げた。

「あんたみたいな大人にだけは、なりたくないです」

痛烈だった。良多の顔色が変わった。

「馬鹿野郎！　俺だってなりたくてなったわけじゃねぇよ」

町田は「ああ、認めちゃったよ」と思わず笑ってしまった。

それでは収まらずに良多はなおも大声を出した。

「言っとくけどなあ、そんなに簡単になりたい大人になれると思ったら大間違いだからな！」

真田は黙って良多の顔に冷たい視線を浴びせると、踵《きびす》を返して去った。

完全に高校生の勝利だった。しかも良多が真田の背に浴びせた捨て台詞《ぜりふ》が、思わず町田を吹き出させた。

「このスネっかじりが！」

良多自身も親から〝雪舟〟を盗もうとしている〝スネっかじり〟だし、おまけにその〝スネっかじり〟の真田のスネをかじったばかりなのだから。

その日の夕方、所長が帰宅するのを見計らって、良多は愛美を伴って車で出かけた。町田は一人で任された素行調査で出かけている。

良多と愛美が向かったのは丸《まる》の内《うち》のオフィス街だった。一等地に自社ビルを持つ最大手の生命保険会社が目的だ。

時間は十八時。時間通りに対象となる男が退社して出てきた。身体にフィットした淡いブルーのスーツ。少し長めの髪。そして特徴のない凡庸な顔だち。間違いなく安藤睦美《あんどうむつみ》だ。紛らわしい名だが男性で、安藤未来の夫だ。未来より四つ年上の三十六歳。出張のため、小さめのスーツケースを引いている。

すべて未来の情報通りだ。楽な案件だった。安藤は閑職《かんしょく》にあって、必ず十八時には退社する。そして今日、出張に出かけると未来に告げていたのだ。今年に入ってから毎月一回、月末の給料日後に出張に出るようになった。それまで一度も出張などなかったのに。

つまり、ピンポイントで調査ができる。そこで良多は愛美にアルバイトをもちかけたのだ。愛美はワードローブの中でも、とびきり派手ですっかり着なくなっていたオレンジのブラウスをまとい、赤毛のカツラをかぶって、安藤を尾行する。

するとまもなく安藤は花屋に立ち寄った。バラを大量に注文している。

「そのバラ、ハートの形にできる？」などと店員に注文している。

出来上がった花束を愛美が隠しカメラに収めて、停めていた車に戻ってくる。

「当たりですよ。こんな花束買ってました」と愛美が写真を見せる。

赤いバラでハートの形を作り、その周りをピンクのバラが囲んでいる。

「いい歳してフォーリンラブだな」

良多がげんなりした顔をした。

「乗って」と良多が愛美を促す。花屋から出た安藤がタクシーを呼び止めたのだ。

愛美が乗り込むとすぐにタクシーを追った。


山手《やまのて》線の大塚《おおつか》駅で安藤はタクシーを降りた。そこで女と待ち合わせしていた。先に来ていた女が安藤に腕をからめる。あまり若くはない。その姿を撮影して追う。まっすぐに北大塚のラブホテル街に向かっている。

ホテル街に路上駐車してコンビニに立ち寄った安藤たちを待つ。

すぐにコンビニのレジ袋を手にして肩を寄せ合った安藤たちが出てきて、ラブホテルに入っていく。その姿を写真に収めて、愛美に指示する。

「愛美ちゃん、行ける？」

「デリバリーですよね？　見えます？」

「大丈夫。見える、見える」

「見えるんですか？」と愛美が恨めしげな顔をする。

「いや、だから良い意味で、見えますってことで……」

「もういいです」と愛美がホテルに駆けていく。


ホテルのフロントに入ると、安藤と女が部屋を物色中だった。

愛美は携帯を取り出して、電話をするふりをした。

「あ、スミレで～す。今、フロント着きました～。何号室ですか？」

デリバリーヘルス嬢を装いながら、安藤たちが選んだ部屋番号をチラリと盗み見る。安藤たちはまるで愛美に疑いの目を向けない。完璧になりきっているのだ。

安藤たちは２０２号室を選んだ。

部屋に向かうところを正面から隠しカメラで撮影する。

彼らが行ってしまうと愛美は隣の２０３号室のボタンを押してカギを取り、良多を呼び出した。


浮気調査も様々だ。浮気相手とホテルに入るところを撮影してくれればいい、というものから、相手の身上調査のみならず、どんな痴態を繰り広げているのかを事細かく知りたがる者もいる。

未来はホテルでどんなことをしているのか知りたいと言った。だから隣の部屋を取ったのだ。ビデオで盗撮することも可能だが、それにはかなりの時間と経費がかかる。そこで重宝するのが、聴診器だった。これで拾った隣室の声や物音を増幅させて録音するのだ。

良多が聴診器で隣室の音を探る。愛美は役目を終えてカツラを取ってしまってベッドに腰掛けている。

「おお、ここだ。もう始めたよ。嫌だねぇ」と聴診器を固定する。

そうなると、もうすることもない。

「この間、愛美ちゃん、〝未来にヤキモチ焼かなくたって〟って言ってたじゃない」

これもポストイットに書いて部屋に貼った言葉だ。

「ええ」

「女の子はアレだろ？　新しい恋が始まると前のデータは全部消しちゃうんだろ？」

「奥さんですか？」と笑いながら逆に質問される。

「……いや、一般論としてさ」

「絵で言うと、水彩じゃなくて油絵って感じかな。重ねると下の色は見えなくなるんですよ。

でも、あるんですけどね、ここに」

愛美は自分の左の胸を指さした。

「なくなりゃしないんだ」と良多はほっとした。

「当たり前ですよ。データの上書きと違います。機械じゃないんですから」

「だよなあ。簡単に消えないよなあ」とこれは実感がこもってしまった。


翌日の土曜日に良多と町田は、立川の喫茶店で安藤未来と落ち合っていた。未来が指定してきたのはおしゃれなカフェだった。土曜日ということもあって店は混雑していたが、未来は開き直っているようで、平然と浮気の証拠写真を見ている。

「やっぱり友美《ともみ》だ。あの野郎」と笑った。

学生時代からの親友に夫を奪われた……というより、夫が友美に目をつけてずっとちょっかいを出していたようだ、と未来は言った。それにしても友人の夫だと分かっていて浮気していたのだから裏切り以外の何物でもない。

「うわ、このバラ！　最低だな。ニヤケちゃって、まったく……」

すっかり吹っ切れたようで、未来は写真をテーブルに放った。

「知らない方が良かったですか？　ダンナさんのこと？」と町田が唐突に尋ねた。

「そんなことないわよ。これでたくさんアイツから分捕ってやれるし。まあ、全部ひっくるめて私の人生やしね」

未来はさばさばした様子で約束の金の入った封筒を良多に渡すと、店を出て行った。


約束の金は二十万円。格安だ。通常の四分の一。口止め料も兼ねていることだし、あまり欲張れなかった。ピンポイントの情報を得ていたので経費はホテル代のみ。稼働時間もわずかに二時間だった。愛美のバイト代は一万円だったが。

まずその場で町田に立て替えてもらっていた、やらせ結婚式二次会打ち合わせの経費の三万円を返そうとしたが、待ってもらうことにした。さらに町田には借金があったが、それは勘弁してもらった。真田の三万も加えれば、養育費を払って、家賃もとりあえず滞納している半分の二カ月分払って、さらに明日は真悟と響子とちょっと贅沢な食事でもして、そうなるとちょっと心もとない。つまり……。

「競輪は絶対ダメですからね」とまるで町田は良多の心を読んだかのように告げた。

「ん？　分かってるよ、大丈夫だって」

競輪には寄らずに事務所にまっすぐに戻ってきた。すべては町田のおかげだった。

愛美が良多から一万円を受け取ると「ありがとう」とお茶を淹れてくれた。

今日は所長は休みをとっている。所長は特別に厳しいタイプでもなかったが、そうなると事務所はノビノビした雰囲気になる。良多もソファにその大きな身体を横たえている。

「女の人って結婚式にも出席するような親友のダンナと浮気できちゃうんですね」と町田は茶を飲みながら、愛美をちらりと見やった。

「灯台もと暗しってさ」とアクビまじりで良多が言う。

「周りにもいますよ。親友の彼氏とっちゃう子って」と愛美もアクビしている。

町田は良多と愛美に疑いのまなざしを向けた。

「ちょっとなんですか？ 二人とも。なんかなかったでしょうね。昨日の調査でホテルで……」

「俺、今、独身だしね」と良多がからかう。

そこに休みのはずだった所長がスーツ姿でいきなり現れた。

良多は慌ててテーブルに置きっぱなしにしていた封筒をポケットにしまった。間一髪だ。

「あれ、所長、今日はお休みじゃなかったんですか？」と愛美がさっきまでとは違う緊張した声で問いかけた。

「そのつもりだったんだけどさあ」とデスクの椅子に腰掛けて、外の様子を覗いて「台風来るなあ、また」と言った。

良多は胸騒ぎがした。所長の様子がどこかいつもと違っている。

「今日、九州に上陸ですって。24号？」と愛美が所長にコーヒーを淹れながら答える。

それには答えず所長は良多に声をかけた。

「篠田、この仕事慣れてきたか？　もう五年か？」

「いや、四年です」

「小説のリサーチとか言ってないで、本腰いれてやってみるか？　うん？」

「いや、あくまで取材なんで……」

「小説、見せてみろよ。俺、文学部だからよ。探偵が主役か？」

「いや、そういうんじゃなくて……」

すると所長は口元に笑いを浮かべながら、蛇のような目で良多を見つめた。

「高校生ユスって、金とったりする悪〜い探偵の話じゃないのか？」

ぎょっとして良多は凍りついた。町田も身動きできない。

所長は椅子から立ち上がると、良多の前に進み出た。

「彼ね、真田くん。俺の警察時代の上司の息子」

良多は驚いたが、言葉が出ない。

「つぶす気か？　お前、この事務所」

平板な調子だが、ド迫力だった。良多でなくとも震え上がるほどに。

「いや、そんなつもりは……」と良多の声がかすれる。

所長は良多の肩を揉《も》み始めた。良多は肩をすくめて硬く縮こまっていく。

「ん？　俺が夏のボーナス出さなかったからか？」

「いえ、はい、まあ……」

夏のボーナスは業績次第という約束だった。業績を上げられなかったから出なかっただけのことだった。

「そんなに会いたいか、息子に」と所長はなおも肩を揉み続ける。

「そ、そりゃあ、父親ですから……」

「父親ですからってか」と所長はせせら笑って続けた。

「お前みたいなヤツはさ、夫や父親んなっちゃいけないんだよ。そう思うだろ？　思わないか？」

所長は愛美と町田に賛同を求める。だが二人は身動きすることもできなかった。

「出せ。さっきの封筒」

見られていたのだ。渋々、良多は封筒を出した。

「いくら真田くんからアレしたんだ？」

所長はわざと良多の口癖を真似てなぶる。

いくらと答えるべきか、瞬時に良多は考えた。封筒に入っている金額が違う。だが所長は真田から巻き上げた金額を知っている可能性が高い。やはりここで嘘をつくと二重取りまでバレてしまう。

「三万です」と良多は身体をますます硬くする。

正解だったろうか、と思った瞬間にうまい嘘を思いついた。

所長は封筒の中の札を数えた。

「なんで十八万と五千円もあるんだ？」

「立川でちょっと、アレして……」

競輪には行っていない。途中でファミレスに寄って、町田とともに五千円の贅沢な食事をしたのだった。それがせめてもの救いだった。

納得したのか所長は全額をポケットに収めて、静かな口ぶりで忠告を与えた。

「いいか、もう家族に会うのはよせ。誰かの過去になる勇気を持つのが、大人の男ってもんだよ。分かるか？」

良多は何も言えなかった。だが後で手帳に〝誰かの過去になる勇気〟とメモしようと心に決めた。

町田の財布にはもう三千円しかなかった。これを貸してしまえば町田は週末に飢えることになる。さすがに貸すとは言い出せなかった。

「その代わり」と良多は町田を誘った。

二人は並んでパチンコを打っていた。町田は大当たりを出してドル箱を積み上げているが、良多はからっきしダメで、お金が次々と吸い込まれていく。

「三万、別にしておいて良かったですね」と町田が明るく言った。

「そうだな……」と良多は魂を抜き取られた人のように消沈している。真田から巻き上げた三万円をジャケットの内ポケットに入れたままにしておいたのは不幸中の幸いだった。だがどうせなら未来からの報酬をポケットに入れておくべきだった。

その三万円を元手にしてパチンコで六倍にして取り返す、という計画を思いついたのは当然ながら良多だ。町田も貸せる金がないので、付き合うことにした。

町田は最初の二千円ですでに一万円ほど勝っている。だがやはり良多は負け続けている。

「まだちょっと足らないですかね」と背後に積まれたぎっしりと球が詰まったドル箱を見ながら町田が言った。

町田が自分の受け皿から球を手ですくって、良多の受け皿に入れてくれる。

「俺、小三の時、親父に買ってもらったグローブ、今でも持ってますよ。だから勝ったらこれで、スパイクでもバットでも買ってあげてください」

「そうだな。でも今あんまり俺に優しくするな」と良多はしょぼくれた声を出した。

「え？」

「泣いちゃうから……」

良多は泣きべそをかいてみせた。それを見て町田は爆笑した。

ことはスムーズには運ばない。三万円の元手は完全に良多が使い切ってしまった。良多は町田の球も注ぎ込もうとしたが、それは町田が押しとどめた。そして、その勝ち分である八千円を良多に手渡した。

これで少なくとも明日、真悟に会うための資金は確保できた。パチンコをしなければ家賃の一月分も払えたかもしれない。だが良多は反省はしない。していたらこんなことをくり返すはずがないのだ。

良多がアパートに戻ったのは深夜十二時を回ってからだった。明日に備えてまた池袋から歩いて帰宅したのだ。階段を上がろうと見上げると、人影があった。部屋の前で座り込んでいる。タバコの火がホタルのように光った。

良多は足音を忍ばせてゆっくりと引き返した。

借金取りだろう。十日ほど前にパチンコ屋で声をかけられて一万円を借りたことがあった。闇金ではない。個人で貸しているのだ、という。利息は一週間で百％だった。つまり二万円を返さなければならない。その取り立てに来たのだろう。借りたことも忘れていた。ヤクザには見えなかったが、そういう後ろ楯があってもおかしくはないような人物だった。もし見つかればこの八千円は消えてなくなる。

どこかに泊まるわけにもいかず、良多は夜の街を当てもなく歩き続けた。

4

台風が近づいているのが分かるような生暖かい風に吹かれて、良多は目を覚ました。しばらくは朦朧《もうろう》としていて、自分がなぜ公園のベンチで寝ているのか理解できなかったが、歩き疲れて明け方に辿り着いた公園で寝込んでしまったのだ。

公園の時計を見て慌てて飛び起きた。九時五分前だ。

良多は走って東長崎の駅に向かった。

電車が来るまでの時間に駅のトイレでうがいをして顔を洗った。シャツもズボンもヨレヨレでひどいありさまだが、部屋に戻っている時間はない。

良多は電車で目的地に向かった。


待ち合わせの場所は高田馬場駅のBIGBOX前の広場だ。いつも賑やかだが、今日は古本市が立っていて、さらに多くの人で賑わっている。たくさんのテントがあって「古本市開催中」というノボリが立っていた。

結局、良多は十五分遅刻した。

不機嫌を隠そうともせずに響子が一人で良多を待っていた。

良多は古本市のテントを眺めて笑った。

「古本市かあ。昔、よく行ったな二人で、なあ?」

高田馬場は響子の出身大学の最寄り駅だった。当時はよくこの場所で待ち合わせしたものだ。

だが、そんな良多の感慨は、響子の冷たい一言で吹き飛んだ。

「なんで時間、守れないの」

「いや、ちょっと出版社で打ち合わせがあって……」

やはり、口ごもってしまう。

「日曜日に？　そんな格好で？」

響子は鋭く指摘した。

「徹夜明けでさあ。これでも働き者なんだよ」

響子はもう相手にしていなかった。

「お金は？」

「え、なに？」ととぼけてみせたが、響子の冷たい視線にすぐに言い訳を始めた。

「昨日、遅くなってATMに寄る時間なくて。今日は銀行休みだし」

時間外でも休日でもATMは使える。しかし、響子はなにも言わなかった。

「なら、そう言ってよ。真悟、帰るよ」

真悟は古本市で本を見ていたようで、すぐに戻ってきた。

「パパの本、なかった」と真悟が少し残念そうだ。

響子は黙って真悟の手を引いて歩きだす。

「ちょっと、それはないだろ。月に一度の楽しみを、そんなことで奪わないでくれよ」

響子の目がさらに鋭くなった。また余計なことを言ってしまった、と後悔したが、すでに手遅れだった。

「〝そんなこと〟ってなによ？　約束したでしょ」

さらに強い口調で、響子が食ってかかる。

「いや、払わないとは言ってないし……」

「いつ？」と響子は迫る。

「じゃあ、あとで……」と言葉を濁す。本当はまったく当てがない。

「じゃ、十七時にここ。その時に必ず十万。遅れないで」

そう言い残すと響子は一人歩きだした。

「あれ？　もう行くの？　三人でお茶でも」

「今日、仕事だから。働き者なのよ、私も」

手厳しい返しだった。良多は苦笑いを浮かべることしかできなかった。

「ママ、あとでね」と真悟は朗らかな笑みを浮かべて手を振っている。父と母の険悪なムードなど慣れたものだ。

二人きりになって良多は真悟を上から下まで眺めて「また、背が伸びたんじゃ……」と言いかけると真悟が首を振る。

「ずっと前から三番目のまんま」

「でも、お前、大きくなるよ。パパの息子なんだから」

するとまた真悟は首を振る。

「ううん、僕、ママに似たんだよ」

嬉しそうに言う真悟に、良多は口をつぐむしかなかった。


スポーツ用品店はいくつもあったが、良多は〝小回り〟が利きそうな小さな店を選んだ。

真悟に尋ねると、バットよりもスパイクが欲しいとのことだった。

野球のスパイク売り場はサッカーの半分くらいの面積しかなくなっていた。

その中で、好きに選んでいい、と良多は言った。一番高価なのはミズノだった。四千円だ。

その隣にあるスパイクは外国製で三千円がさらに割引になって二千五百円になっている。

真悟が選んだのはその一番安いスパイクだった。

「なに、遠慮してんだよ、ミズノ買ってやるよ」

「大丈夫なの?」と真悟は本気で心配している。

「心配すんな。23・5でいいんだよな。ちょっとそこで待ってな」と良多はミズノのスパイクを手にして、レジに向かった。

レジに向かう途中で良多は真悟に見えないように、そっとスパイクのエナメル塗装されている部分を階段の角にこすりつけた。良い具合にすり傷がつく。

「これさ、ここ傷があんだけど」と良多はレジに立っている男性店員に告げた。

「あ、すみません。在庫を調べてみます……」

「ああ、いいよ。これでいいからさ、ちょっと安くしてよ」

店員は意外な申し出にきょとんとしていたが、すぐに展示品販売時の二割引を提示してきた。

「ああ、それでいいや」と良多は支払いを済ませた。

八百円を浮かせたのだ。〝小回り〟が利いた。大手ではこうはいかない。

真悟はスパイクの小さなすり傷に気づいたようだが、良多に不満をぶつけるような子ではなかった。ただ「走ってみたい」と言い出した。少し歩けば広い公園があるのだが、グラウンドではない場所でスパイクを使って走ってもいいものか、と悩んだ。

良多が子供の頃は野球場以外でのスパイクは禁止されていた。そもそもスパイクを持っている子供などほんの一握りしかいなかった。

良多は「様子見てみようか」と公園まで歩いていった。

案の定、公園は子供たちやカップルなどでいっぱいで、プラスティック製とはいえスパイクで走り回るのは無理だ。

公園にしばらくいたもののすることもなくて、ブラブラと散歩しながら、駅前に戻ってきた。

すると真悟が「作文」と言った。良多はすっかり忘れていたのだが、真悟が敬老の日の作文コンクールで金賞を受賞したと言っていたので、次に会う時に読ませてくれ、と頼んでいたのだ。

まだ時間が早かったが、どこかで食事をしながら読もう、と良多は辺りを見回した。すぐに激安の牛丼屋とハンバーガー屋が目に入った。だが、ジャンクフードを食べさせると響子がいい顔をしないのだ。それに真悟は恐らく母親に嘘をつかない。

響子が許可する外食の中で安くついて、真悟も喜ぶのがモスバーガーだった。

モスバーガーとオレンジジュースにオニオンとポテトのフライ。これで浮かせた八百円が消えた。残金は四千円。考えた末に良多はコーヒーだけを頼むことにした。二百五十円。缶コーヒーの倍だ。悔しいのでミルクと砂糖をたっぷりと入れる。

コーヒーに砂糖を溶かすとおもむろに良多は尋ねた。今日の大きな目的だ。

「で、なんて聞いたんだ？」

唐突な質問だったが、真悟にはすぐに分かったようだ。レストランのトイレでの約束だ、と。真悟は少し戸惑ったような顔をしてから、「好きなの？」と母親に尋ねた時の口調を再現した。

「そしたら？」

「好きよって」と真悟は少し申し訳なさそうな顔をした。

そこにハンバーガーのセットが届いた。

お腹が空《す》いていたようで、真悟はすぐにハンバーガーの包みを開いて、食べようとしたが、その手を止めた。

「パパは食べないの？」

「いや、お腹空いてないから」

「ふう〜ん」と言って真悟は大きな口でハンバーガーをかじる。

良多はその様子をじれったそうに見ながら「で？」と先を促す。

「ママが男の人を好きになったら嫌？　って」

「で、真悟はなんて言った？」

「ホントに好きならいいよって」

「バカだなあ、お前、そういう時はちゃんと嫌だって言っておかないと……」

真悟はまだ続きがあるようで首を振った。

「なんだよ?」

「パパとどっちが好き?　って」

「うん、そしたら?」と良多は思わず身を乗り出した。

「そんな昔のこと忘れちゃったなあって」

良多はため息とともに机に突っ伏しそうになったが、ようやく本来の目的を思い出して、真悟に作文を出させると読み始めた。原稿用紙には金賞受賞を証明する金色のリボンのシールが貼ってある。

いきなり「おばあちゃん」と呼びかけるところから作文は始まっていた。そこから会話が続いて、淑子の人柄を伝える逸話があり、最後は淑子への感謝と身体を心配する文章で締めくくっている。なかなかに見事な作文だった。

綺麗にまとまりすぎている、とついつい良多は難癖をつけたくなった。だが、親の欲目を差し引いても五年生の作文にしては上手だった。

良多は手放しでほめちぎったが、なぜか真悟はどこか浮かない顔をしている。

月一回真悟と会うようになって二年が経つのだが、いまだに時間のつぶし方が良多には分からない。お金があれば遊園地などで楽しく過ごすこともできるだろうがそんな余裕はどこにもない。だからひたすらに街を歩き回ることになる。共通の話題もあるが、すぐに尽きてしまう。

真悟はつまらなそうな顔で良多と並んで歩いている。だが不平や不満を口にしない。どこかで父親になにか要求することを諦めているのかもしれない。

十二時前に食事をしてしまったから、なおさら時間が長く感じられる。

それでも真悟と会うのをやめないのは、町田に指摘されたように〝未練〟なのかもしれない、と良多はぼんやりと思っていた。真悟だけではなく、響子も含めて。

だが自ら放り出したものを今更取り戻そうとしている愚かさと、良多は向き合おうとはしなかった。いや、向き合いたくなかった。

良多は足を止めた。

宝くじ売り場だった。

響子の渋い顔が目に浮かんだが、これは夢の共有だ。少なくとも共通の話題になることは間違いない。

「買うか？　宝くじ」と尋ねてみる。

「ママに怒らんない？」

響子はギャンブルに類するものは〝悪〟だと真悟を洗脳しているのだろう、と良多は思った。

「宝くじくらい大丈夫だって。せっかくだから、買おうよ、記念に」

「なんの記念？」

「いや、なにって……。二人のアレだよ、絆《きずな》」と口からでまかせを言うと、窓口の女性がフッと笑った。

〝窓口の女が笑顔じゃないと当たらない〟と良多の父親がよく言っていた。これは幸先が良い、と思いつつも、父親が当選したと聞いたことは一度もなかった。

財布から三千円を取り出しながら、良多はふと真悟に目をやった。欲のない子供に選ばせたら、当たるんじゃないか、と思ったのだ。

「お前、選んでみるか？」

「え？　いいの？」

怯えたような声を出す。

「いいよ。パパなんか幼稚園の時からおじいちゃんと一緒に行って買ってたよ」と言って良多も気づいた。きっと親父も自分と同じ考えで子供の俺に買わせたんだな、と。

「へえ」

「最初に約束しておくけどな、これはパパのお金だから、当たったら山分けな」

「セコ」と真悟が笑った。すると窓口の女性がまたフフッと笑った。

これはいよいよ当たるような気がして、良多は興奮してきた。

「セコくて結構。いいか？　宝くじには通しとバラってのがあんだけど。バラの方が後で当たってるかどうか調べんの楽しいぞ。でも通しだと一等に前後賞っておまけがついてる。だから三億円当たって、おまけに二億円がついてくるからな……」

良多が夢中になってしゃべるのを真悟は真剣に聞いていた。

真悟は慎重に悩んだ末にバラを選択して、十枚を三千円で買った。宝くじは真悟に手渡された。来月の二十三日に当選番号の発表があるので、次回会った時に一緒に確認しようと約束した。

宝くじ売り場のすぐ横で良多は電話をかけた。

「もしもし？　俺だけど」

良多が電話したのは淑子だった。淑子が〝あら、お父さんかと思った〟と応じた。歳を追うごとに声まで父親に似てきているのだ。

「なんだよ、幽霊じゃあるまいし。今から行っていいかな、真悟連れて。なにかおばあちゃんに見せたいものがあるんだって」

我ながらうまい嘘を思いついた、と良多はほくそえんだ。うまくいけば養育費を拝借できるかもしれない。

「え？　僕？」と真悟は困惑している。見せたいものがある、などと言っていないから当然だ。

電話を切ると、良多は「あの作文、おばあちゃんに見せないでどうすんだよ」と上機嫌で言った。


その日は朝から千奈津の家族が団地を訪れていた。

千奈津の夫の正隆は居間でカッターナイフを使って日曜大工に奮闘中だ。その脇で娘二人はおしゃべりに興じている。

「来るって？」と台所でお茶を飲んでいた千奈津が、おみやげに持ってきた三色団子を食べる。

「うん」と電話を切って淑子も座る。

「台風来るって言ってるのに？」

「真ちゃんも一緒だって」と小型のマッサージ機を腕に当てて「気持ちいいわね、コレ」と目を閉じる。

「でしょ？　職場でも大人気なの」

　敬老の日とフィギュアの月謝への感謝を込めて千奈津からのプレゼントなのだ。

「気をつけた方がいいわよ」と千奈津が忠告する。

「なにがよ？」

「なにか企んでるわよ。前はお正月だって寄りつかなかったじゃない。急に何度も来て。おかしいじゃない」

　確かにその通りだった。三年も四年も来なかったこともあった。心配になって淑子が逆に良多のところを訪ねていったりしたものだ。

「助けてほしいのかね？」

「何を？　お金？」

「いや、響子さんのコト」

「もう手遅れでしょ」

「今の人は我慢しないからね」とぼやく。

「我慢してくれた方なんじゃないの？」

「女もなまじ学があるとさ、一人でも生きていけちゃうからね」

「いいんじゃない？　なによりですよ」

「やっぱりダメなのかねぇ……」

淑子は諦めきれないようだ。良多を不憫《ふびん》に思っているだけではないようだった。

「これで大丈夫だと思います」

良多が割ってしまった居間の窓ガラスを千奈津の夫の正隆が修理していたのだ。ホームセンターに行ってプラスティック製の段ボールを買ってきて、それを窓枠にぴったりのサイズに裁断して、貼り付けたのだ。半透明の段ボールは透過性があって部屋も暗くならない。なにより丈夫だった。

「助かったわ。ありがとうございます」と淑子は拝むようにして礼を言う。

「いいのよ、好きなんだから、こういうの」と千奈津がぶっきらぼうに言った。

「そうなんですよ、僕、ホントはこういうの仕事にしたかったんですよねぇ」と正隆は人の好い笑みを浮かべている。正隆は自動車メーカーで営業をしている。

「ありがとうございます」と淑子はまた頭を下げた。

「やめなさいよ」と千奈津は言い出した。

「なにが？」と淑子は聞き返した。

「お寿司《すし》連れてったりしてるんでしょ？」

近所に住んでいると、こういう情報も千奈津の耳に入ってくる。清瀬の駅前の回転寿司で若いお嫁さんとお孫さんといた、と。しかもイカオクラを何皿も頼んでいた、などという詳細な情報まで。

「いいじゃないよ。仲良しなんだから」

「向こうは迷惑でしょ。連れ回さないの。それにどうせ行くならケチらないで、回らないヤツにしなさいよ」

淑子は千奈津の言葉を無視して、正隆に「ありがとう。お茶飲んで」と声をかけた。


良多が真悟を伴って二人で団地を訪れるのは、本当に久しぶりのことだった。まだ保育園に行っている頃だったかもしれない。小学生になってからは一緒に来た覚えがないような気がした。響子が何度か連れてきていたようだが。父親の葬式の時にも葬儀場で会っただけだった。仕事があるとかで響子が焼香を済ませると真悟を連れて早々に帰ってしまったからだ。電車に乗ってからも良多は真悟に昔話をし続けていた。だが真悟はあまり楽しそうではない。

それでも真悟になにか伝えたくて良多はしゃべり続けた。

バスに乗り換えて、団地が近づいてくると、一段とそれは強まった。

「ほらほら、あそこがパパが通ってたそろばん塾。ああ！　中華八番なくなってんなあ。あそこチャーシューがうまくてな。店の一人息子の星崎《ほしざき》くんが同じクラスでさ。遠足ん時にチャーシュー持ってくんだよ。それが人気で、みんなにおかず交換してくれって言われてさ……」

真悟は窓の外を見ながら父親の話をぼんやりと聞いていた。

バスを降りてからも良多の饒舌《じょうぜつ》は止まらなかった。団地の中を歩きながら、同級生たちの逸話を次々と披露していく。なかなか真悟の興味を惹く話はなかったようだが、公園にさしかかって立入禁止になっているタコの滑り台の話には食いついてきた。

「あのタコの滑り台あんだろ？　パパ、台風ん時にあの中でお菓子食べたりしたんだ」

「え？　誰と？」

「おじいちゃんとさ。夜中に」

真悟は立ち止まって滑り台を見つめ、目を輝かせている。今日、一日で一番楽しそうな顔だ。

「夜なの？　暗くなかった？」

「懐中電灯、持ってったさ」

「怒られなかった？」

「誰に？」

「ママとか?」

響子のことか、と思ったが、すぐに勘違いと分かった。

「ママってパパのママか。おばあちゃんは知らないよ。起こさないようにこっそり行って、こっそり戻ったからな」

　そう言えば母親のことを〝ママ〟と呼んだ覚えがない。当時は〝ママ〟と呼んでいたりすると同級生にからかわれたものだ。

　さらに歩くと、給水塔が見えてきた。団地に安定した圧力で給水するための施設だ。下部は巨大な円筒で上部の水を貯める部分が円錐形《えんすいけい》に広がっている。最上階にも給水するので、五階よりも高い。優に二十メートルを超える高さだ。

「アレ、給水塔って知ってる?」

「うん、知ってる」

「パパがお前くらいん時、上ったんだ、友達と」

「へえ」と真悟は給水塔を見上げて怯えるような目になった。

「芝田ってヤツがビビって降りらんなくなってさ」

〝西武住宅に一戸建てを買った大器晩成の芝田くん〟だ。

「なんで上ったの?」と真悟は意外な角度から攻めてきた。

「なんでって？　いや、つまり、シンボルだからさ、団地の」

理由など考えたこともなかった。

「変なの」と真悟はつぶやいた。

「変じゃないだろ。しないか？　そういうこと」

「しないよ」と真悟は先に歩きだしてしまう。

真悟の個性なのか、時代なのか、と良多は考え込んでしまう。しかし、考えたところで答えが見つかるわけもなく、真悟と向き合う時間の少なかったことを痛感しただけだった。

団地の淑子の部屋に到着すると、真悟は千奈津の娘たちと淑子が遊んでいた『太鼓の達人』というゲームをすぐに一緒に始めた。こういうところは子供だ。

自分が幼い頃には、いとこたちとこれほど簡単に打ち解けられなかった。久しぶりに会うとお互いに意識してしまって、慣れるのに時間がかかったような気がする。

千奈津の夫の正隆が台所の隅の丸椅子で〝アイス〟をカリカリとスプーンで削りながら「久しぶり」と屈託のない笑顔を良多に向ける。「どうも」と応じる。正隆はいつも愛想が良い。身構えてしまう良多とは違うタイプだ。

良多は座る場所がなくて仕方なく台所のテーブルを挟んで千奈津と向き合う形で座った。

「なんで姉さんがいるんだよ」

「あれ？　いたら都合悪かった？」

確かに良多にとって都合が悪かった。〝目的〟があったからだ。

「そうじゃないけど……」と言い渋る。

「あんたが壊したガラスを直しに来たのよ。台風で雨が吹き込まないようにね」

「へぇ、親孝行だね」と当てこする。

「あんたの分もだから大変よ」と逆襲された。当てこすりも嫌味も千奈津に敵わない。

「よく言うよ。晩のおかずぐらい自分で作れよ」とかろうじて反撃した。

「これも一種の親孝行よ」と千奈津は軽く受け流す。

「ふざけんな」としか良多は言えない。

淑子がゲームを中断して台所にやってきた。

「なに？」と千奈津は母親の動きを目で追う。

「彩珠がのど渇いたって言うから、カルピスをさ」

「いいわよ。水飲めばいいでしょ」と千奈津が娘をとがめる。

次女の彩珠は意に介さないばかりか「おばあちゃん、濃いめにしてね」と注文をつける。

彩珠は良多の前でクルクルと回ってみせた。そして右手を高く上げてポーズを決める。

「あたし、フィギュア習うんだ。おばあちゃんがお金出してくれるって」と良多に自慢して、クルクルと回っている。そしてまた高々と右手を突き上げた。間違いなく羽生《はにゅう》結弦《ゆづる》選手の影響だ。

「ほー、いつもより余計に回ってんな」と彩珠をからかってから、声をひそめて千奈津を攻撃した。

「そういうことかよ。大した親孝行じゃないか」

「なにがそういうことよ」

「フィギアってどこのお嬢様だよ」

「フィギュアよ。庶民がやっちゃいけませんかっての」

「じゃ、自分の金でやってもらえますか？」

「高～い月謝払ってバイオリン習ってたのは、どこのどなたさまですかね」

良多は小学生の頃に母親にねだりにねだってバイオリンを習ったことがあるのだ。音楽が好きだったこともあるが、バイオリン弾きが主役のドラマに魅せられて夢中になったのだ。だがなかなか上達しない上に、バイオリンのケースを持って歩いていると団地の友人たちに散々からかわれたのですぐにやめてしまった。

とにかく姉にはまったく敵わない。

「甘えないでね、母さんにも私にも」と千奈津にダメ押しされた。

良多はうなだれることしかできなかった。

「あんたたち、それ飲んだら帰るからね」と千奈津が娘たちに言ってから、良多に「あんた泊まんの？」と尋ねた。

「いや、俺も帰るよ。真悟は響子が迎えに来るって」

電話をして実家に来ていることを告げると響子は猛烈に怒った。台風が接近していて風雨がかなり強くなっている。池袋まで真悟を連れていくと良多が言うと、「こんなに風が強い中、外を連れ回さないで」とさらに怒られ、迎えに来ることになったのだ。「迎えに来たって同じことだろ」と良多が言うと「タクシーよ」と電話が切れた。

正隆がそわそわし始めた。

「え？　響子ちゃん、来るの？　ならもうちょっといようかな」

その様子を見ていた千奈津が冷やかに茶化す。

「なに鼻の下伸ばしてんのよ、義理の妹に」

「いやいや、元だろ、元」と本気だ。

「帰るわよ、台風そこまで来てるし」と千奈津は夫は放っておいて娘たちを促す。

「え？　何時に来るの、響子ちゃん」と正隆は良多に真顔で尋ねる。

「五時過ぎかな」と良多は答える。

「そうかあ」と正隆は時計を見ている。四時半だ。

「そんなに会いたいですか？　うちの元嫁に」

良多の嫌味を正隆は聞いていなかった。時計を見ながら会えないことをしきりに残念がっている。


正隆の願いはギリギリで叶えられた。車に乗って出ようとしていると、そこに響子が現れたのだ。風と雨がひどくて傘を差していても、全身が濡れてしまっている。

「響子ちゃ〜ん、元気してた？」

雨が入るのも厭わずに正隆は窓を全開にして響子に手を振った。

「あ、どうも」

「急いだ方がいいよ、台風、大変なことになってるから」と正隆は雨で顔中を濡らしながらもニコニコ顔だ。

「ありがとうございます」と響子が言うと、後部座席の窓が開いて長女のみのりが響子に手を振った。

「みのりちゃん、受験だよね。頑張ってね」と響子が声をかける。

「もう都立無理〜。私立にする〜」とみのりの泣き言に響子が困っていると、千奈津が「なに馬鹿言ってんの。都立しかダメ」と言って響子に笑いかけた。

するとと次女の彩珠も顔を出して「私、フィギュアやるんだ。ギュだよ。フィギュア」

「いいね〜、バイバイ」と響子は手を振る。

「じゃ、またね。濡れるから早く行って」と千奈津も手を振る。

「すみませ〜ん」と響子は走って階段を上っていく。

その後ろ姿をにやけた顔で見送っている正隆を千奈津がドンと叩いた。

「雨入るから閉めなって」

怒りながらも千奈津も響子のことが好きだった。美人なのに気取る所がなくて愛想も良いし、気が利く。夫のみならず子供たちも響子に懐いていた。もちろん母親も。

懐かなかったのは良多だけか、と千奈津は思った。

5

響子がブザーを鳴らすと、待ち構えていたかのように淑子がドアを開けた。

「あらあら」と雨でびしょ濡れの響子を見てタオルを取りに行った。

「お義母《かあ》さん、すみません。こんなつもりじゃなかったんですけど」

「いいのよ。かえって賑やかで」と奥から淑子が返事をする。

そこに真悟と良多が揃って現れた。二人とも楽しげだ。

真悟は野球のスパイクを履いている。

「ちょっとやめなさい。家の中で」と響子がたしなめる。

「新しいんだよ。外で履いてないもん」と真悟はカタカタとスパイクで歩いてみせる。

「新しくてもダメ。縁起悪い」と響子は首を振った。葬儀の時に近親者が靴を履いて棺《ひつぎ》を外に運び出す習慣のことを気にして響子は言っているのだが、真悟は嬉しくて仕方ないようだ。

良多は「俺、俺が買ってやったんだよ」としきりにアピールしてくるが、響子はまったく聞いていない。良多はさらに「駅からのバス迷わなかった？　年寄り向けのなにかができて違うルート走ってたからさ」と話しかけてくる。

「前にも来てるから知ってる」と響子はさらりと良多をスルーした。

良多は響子と真悟が淑子と〝寿司会〟をしていることを知らない。駅前で食べて、時折、団地までやってくることもあるのだ。

「ダメよ。脱いで。床に傷がつく」と響子が真悟を叱った。

「いいわよ、どうせ傷だらけなんだから」とタオルを持って淑子が現れて「おばあちゃんとおんなじよ」と言って笑う。

「すみません」とタオルを受け取りながら響子は笑ってしまう。

「響子さん、靴脱いでさ。上がってちょうだい。服を乾かさなきゃ」

言いながら淑子は真悟とともに奥へ引っ込んだ。

その瞬間に響子は良多をにらみつけた。

「あんまり心配させないでよ」と小声ながら気色ばんだ声だ。

「どうしても来たいって言うからさ、真悟が」

「また子供のせいにして」とさらに険しい顔で良多をにらむ。

「ほら、響子さん、こっち来て。風邪ひいちゃう」と淑子の声が奥から聞こえる。

「はい、じゃあ、ちょっとだけ」と言って上がりながら、再び良多をジロリとにらむ。


上がってすぐに帰れるわけもなく、淑子は夕飯を食べていけと言い出した。無下に断れないので、響子は応じた。

良多との嵐のような結婚生活の中で、響子は淑子を心の中で責めたことが何度もあった。一体、どういう育て方をしたの？　と。だが淑子を前にするとその気持ちは雲散霧消してしまうのだった。おおらかであけすけで、時折びっくりするような悪態をついたりするのだが、それは痛快だった。その一方で細やかな心配りがあって優しくて、面白くて、さびしがりで……。響子は淑子のことが好きだった。

献立はカレーうどんになった。

淑子はジップロックの大型のコンテナに詰めて冷凍していたカレーうどんのつゆをレンジで解凍してから、鍋に空けた。たっぷり五人前はある。ジャガイモを入れるのが篠田家の定番だが、冷凍するとジャガイモはスカスカになってしまう。

そこでジャガイモを切るのは響子の役目になった。さらに油揚げも入れるのだが、それは真悟が担当した。真悟は予想外に几帳面《きちょうめん》に油揚げを短冊型に切っていく。

良多は居間に立ってその様子を眺めているが、なぜかそわそわしている。

「グリーンピースも入れなよ。色がアレするから」と良多が母親に注文をつける。

「はいはい」とこれまた冷凍してあるものを淑子が取り出して鍋に入れる。

料理をしながら話題が真悟の背の話になった。

「前から五番目だっけ？」と響子が優しい声で聞く。

「ううん、三番目」と今度はウィンナーを丹念に輪切りにしながら真悟が答える。すっかり調理が気に入ったようだ。

「でもさ、あの子だって中学入ってからよ」と淑子が良多を指さして続ける。

「急に伸びたんだから。お父さんもそうだったって言ってた。だから真ちゃんだって中学んなったら伸びるわよ。だいたい、この子はここの脚のところがしっかりしててさ。絶対大きくなる子の膝よ」と淑子が真悟の脚に触れる。

「やめろよ、犬じゃないんだから、脚とか関係ないだろ」

淑子はもう良多の言葉を聞いていない。乾めんのうどんを茹《ゆ》で始めたのだ。

「伸びるって、良かったね」と響子が嬉しそうに笑う。

真悟が包丁を使う手を止めて、良多を見やった。本当にあんなに大きくなるんだろうか、と。

「伸びるよ、伸びる、伸びる」と良多がうなずいてみせる。

「三回言うと嘘くさい」と真悟は笑った。

淑子は千奈津の持ってきた三色団子をオヤツに食べてしまったのでお腹が空かない、と小さなお碗に少しだけよそったので、すぐに食べ終えてしまった。

そして、敬老の日の作文コンクールで金賞をとったという作文を読んでくれ、とせがんだ。

良多もまだおかずを食べ終えていない真悟に「おう、読め、読め」としきりに急《せ》かす。

真悟が作文を手にして読み始めた。タイトルは『尊敬するおばあちゃん』だ。

読んで、とねだった割りには淑子は作文を読んでいる間も、立ち上がって箪笥の中を覗いたりして落ち着かない。照れくさいのだろう、と良多は思った。

「〃……おばあちゃんの家で着させてくれる手作りの着物はとても良くできていて、僕が着るとみんなが喜んでくれるので嬉しいです。でも『かわいい』って言われるのはちょっとだけ恥ずかしいです。そんな風に僕に色々してくれるのは嬉しいけれど、頑張っていると疲れちゃうから時々は休んでね。おばあちゃん、これからも長生きしてね〃」恥ずかしそうに読んでいた真悟が「終わり」と言った。

「これ見せたかったんだよな、ばあちゃんに。な？　な？」と良多が真悟に押しつけた。

渋々真悟はうなずく。

「嬉しいわねぇ。でもどうせ尊敬するならマザー・テレサとか宇宙飛行士のなんちゃらさんとかってのが聞こえがいいわよ」

照れ隠しにそんなことを言いながら、淑子は写真を響子と真悟に見せる。

一枚は、先日、良多にも見せたミカンの木に止まったアオスジアゲハの写真だった。

「キレイですねぇ。こんなのいるんだ」と響子が驚いている。

「そうなの。この辺、まだ緑多いから」

台所のテーブルで食べていた良多が写真を覗き込んだ。やっぱり町田が言っていたようにアオスジアゲハだ。

本当にミカンの木で育ったのか、と良多が尋ねようとすると、淑子は別の写真を良多に見せた。

「これ交番の裏んトコの」

畑が写っている。イチゴが豊作だ。

「ああ、もう無くなっちゃったろ、畑」

その写真はかつて淑子が丹精して世話をしていた畑の写真だった。近所の大きな農家が農地の一画を団地の住民に安い値段で貸していたのだ。そこで淑子は野菜や果物を作っていた。だがその農地も今では造成されて家が建ってしまった。

「イチゴ、おいしかったよね、真ちゃん」と淑子が真悟に尋ねる。

「うん」と答えて真悟は残ったうどんのスープをすする。自分で手伝ったカレーうどんはひときわおいしいようだ。

「あんた、おかわりは?」と淑子が良多に尋ねる。

「ああ、もらうわ」と良多がどんぶりを差し出す。

「お腹空いてんのね」と淑子は綺麗にたいらげられたどんぶりを見る。

昼飯を抜いているので良多は腹ぺこだった。

「真悟もおかわりもらえば？」と良多が声をかける。

「うん、食べる」と答えると響子が真悟のどんぶりを台所に運ぶ。

「良い具合にカレーの味がしみてて」と響子がどんぶりを淑子に手渡した。

「でしょ、カツオでおだし取ってんの。お父さん好きだったから、たくさん作ってアレしといたんだけどね」

どんぶりによそいながら、淑子が言う。

「んじゃ、半年も前のヤツじゃん」

「食べちゃったんだから、どっちにしても手遅れよ」と淑子がからかっておかわりを良多の前に置く。

良多は匂いを嗅《か》ぐが、当然ながらカレーの匂いしかしない。

「男の人はすぐに賞味期限、気にするから」と響子も同調しながら、真悟の前にどんぶりを置く。

「ねぇ」と淑子が応じる。

「気にするよ、当たり前だろ、なあ、真悟？」と同意を求めたが、真悟は笑うばかりで返事をしない。

「あんたシャツんトコ、カレー飛んでる」と淑子が言い出した。

良多が見ると確かにシャツにカレーが飛んでいた。淑子が布巾を取ってそれをペロリと舐めて湿らせると、良多のシャツを擦《こす》った。

「お、今、舐めたろ、それ、汚いって」

良多が押しとどめようとするが、構わずに淑子はもう一度たっぷりと舐めて擦っている。

「親に向かって汚いとはなによ。ウンチだっておしっこだって、世話してやったのに」

淑子が怒っている隙に、良多は流しでシャツを水に濡らす。

「ホントに男ってのは誰かがそばについててあげないと、ねぇ」

淑子は響子に聞こえよがしに言った。響子は身体を硬くしたまま返事をしなかった。


食事を終えると、響子は真悟を促して帰り支度を始めた。

それを見た淑子は「泊まっていきなさいよぉ」と泣きそうな声で訴える。

確かに外の風雨の音は強まっている。

良多はタクシー会社に電話している。だがなかなか電話に出ない。

「こんな日におばあちゃんを一人残して帰るの?」とこれまた、弱々しく消え入りそうな声で訴える。

真悟と響子は動きを止めてしまった。

「死にそうな声出すんだよ、こういう時。ほっとけばいいから」と良多が取りなす。

だが淑子は諦めない。

「布団余ってるからさ。シーツも洗い立てのがあるし」

困惑の表情の響子が「でも、学校が明日……」と真悟を見る。

「休みよ、学校はどうせ」と言って淑子は真悟に「ねぇ？」とすがりつく。

「お昼からかも」と真悟が答えた。大雪が降った時も、昨年に台風が直撃した時も、午後から登校ということがあった。

「ほら！　それに危ないわよ。こんな雨風の中、何が飛んでくるか分からないし」

「ええ、でも着替えも持ってきてないし……」

響子の言うことはもっともだった。だが、なおも淑子は食い下がる。

「……どうしてもアレだったら、明日の朝、早くに出ればいいじゃない」

「タクシー、全部出払ってて、迎えに来るのに、最低でも三十分はかかるって」と良多が母親に朗報をもたらす。

「ほら、そんな時間に帰ったら真悟くん寝るの遅くなっちゃう。身体に良くない」と淑子は最後は諭すような口調になった。あの手この手の総動員だった。

これには響子もさすがに折れた。

「じゃ、そうしようか」と真悟の様子をうかがった。

「うん」と真悟は嬉しそうだ。

淑子は急に生き生きとして「じゃ、お風呂沸かそ、お風呂」と言いながら風呂場へ向かった。

「あと歯ブラシとパジャマね」と立ち止まり、「響子さんは千奈津んトコのみのりのヤツでいい？　洗ってあるから。真悟くんは一昨年のじゃ、もう着らんないかなあ」と言って嬉しそうだ。

「急に元気になっちゃったよ」と良多は申し訳なさそうに頭をかいた。

風呂場からはガスを点火するスイッチを押す、ガチャコンという音が響いてきた。良多はその音を久しぶりに聞いて懐かしさでちょっと切ないような気持ちになった。

蝶のことを再び思い出した。あの時、なぜ母親は幼虫がミカンの葉を食べて育ち、蝶になったと言ったのだろう。〝花も実もつかない〟と嫌味を言ったから、その罪滅ぼしのために、嘘をついたのだろうか、とも思った。だがそれは母親らしくない。

ベランダでミカンの木が風に煽《あお》られているのが見えた。

近隣にある雑木林のクスノキで育って、ベランダのミカンに立ち寄って休息しただけのアオスジアゲハ。それはもしかしたら自分かもしれない、と良多は思った。

独り身で困窮し、唐突に帰ってきた息子。それをアオスジアゲハと重ねているのか、帰らない不肖の息子を待っていたのではないか、と。

なかなか風呂の火がつかないようだった。

ガチャコン、ガチャコン……。いつまでも音が聞こえる。

居間には淑子と真悟が二人だけでいた。

良多は風呂に入っていて、響子は良多の部屋で電話をすると言った。

淑子は押し入れの上の天袋から、ビニール紐《ひも》で縛った紙の束を取り出した。それは良多の小、中、高の受賞の歴史だった。主に作文コンクールなどで受賞した時のものだが、折々の文集や高校生の時に短編小説を投稿して初めて掲載された同人誌なども一緒になっている。

それをほどいて、淑子は良多が小学五年生の時に校内コンクールで賞状をもらった作文を選び出した。

実際に起きたショッキングな銀行強盗による立てこもり事件について書くように教師に告げられたにも拘《かかわ》らず、そのニュースを見聞きする前に、何をしていたのかをユーモラスに書いていた。しかも、原稿用紙二枚にびっしりと書かれた作文は句点が一個しかないのだ。すべて読点でつないでいた。一部の教師はこの作文を「最低」と評したが、一人の教師が強く推した。「面白い」と。その意見が通って受賞したのだ。だが良多は読点だらけの作文を意図したわけではなかった。教師に尋ねられて初めてそれに気づいたのだ。

淑子はその作文を真悟に手渡した。真悟はすっかり黄ばんでしまっている原稿用紙に書かれた父親の作文を読み始める。

「パパは子供ん時から上手だったのよ」

「へえ」とあまり真悟は興味がないようだ。

「真ちゃんにも文才あるかもしれないねぇ」

淑子に言われて真悟が驚いて顔を上げた。その顔には不安の色があった。

「ブンサイって?」

「そんな顔しなくていいのよ。嫌なモンじゃないわよ」

「そうなの?」

「うん、とっても素敵なものよ。みんなが持ってるわけじゃないの」

それでも真悟はなおも不安げだ。真悟の頭に淑子がそっと触れた。

「パパに似たくないの?」

「うん」

「なんで?」

「だってママはパパが嫌ぃだから別れたんでしょ？」

淑子は慌てて遮る。

「好きだから一緒になったのよ。それであなたが生まれたの」

真悟はしばらく考えているようだった。

「パパ、僕たちのこと好きなのかなあ」

真悟の言葉に淑子は胸を衝《つ》かれた。良多が家庭を顧みなかったことは、知っている。当然の報いなのかもしれなかったが、真悟は良多の愛を疑っているのだ。

「当たり前じゃない、そんなの……」と淑子は言った。

すると真悟の表情が少し和らいだ。

「じゃあ、宝くじ当たったら、またみんなで暮らせるかなぁ」

痛々しかった。真悟は両親の離婚の大きな原因が困窮であることを知っているのだ。

「そうねぇ、そうかもねぇ」としか淑子は言いようがなかった。

「そしたら大きな家建てて、おばあちゃんも一緒に住もうよ」

「あら、嬉しいわあ。是非、そうしてちょうだいな」

淑子は目に涙が溢れるのを堪えられなかった。

良多の部屋に響子はいた。福住から携帯に電話があった。部屋に入っても、電話には出なかった。すると二回、三回と続けて電話が鳴る。

だが出なかった。この状況をなんと説明するべきか分からなかったのだ。元夫の実家に元夫と息子とともに泊まるなんて。いくら台風が来ているとはいえ福住が機嫌を損ねるだろう。もしかすると車で迎えに来ると言い出すかもしれない。そうなると良多と対面することになる。波風を立てたくなかった。

少し時間を置いてから、雨風がひどくて電話に気づかなかったが、どうにか家に帰り着いた、とでもメールをしよう。まだ福住を部屋に上げたことはない。まさか今晩来るとは言い出さないだろう。

良多の部屋に入るのは初めてではない。結婚していた頃に実家に泊まると、この部屋にこもって、かつて良多が読んだであろう小説を読みふけったりしたものだ。

本棚が昔のままであることに気づいた。一冊の単行本が目に入った。川上弘美《かわかみひろみ》の『蛇を踏む』だった。踏んだ蛇が母親と称して部屋に居ついてしまうという夢幻と独居女性のリアリティが共存したような不思議な味わいの小説だった。川上弘美に夢中になってすべての作品を追いかけたが、『蛇を踏む』が一番好きで大学の頃に何度もくり返して読んだ。

良多も読んでいた。良多はメタファーとして蛇を捉えていて、その解釈も奥深くて感銘を受けたものだ。

だが響子は物語に浸って、解釈することを放棄して楽しんだ。良多は当初は「逃避だ」と非難したものの、次第に響子に共鳴するようになった。「そっちのが気持ちいい」と言い出して……。

響子は懐かしくて、その本を手にするとページを開いた。

良多は風呂に浸かりながら、まだアオスジアゲハのことを考えていたが、緊急事態に見舞われていた。風呂のパイプから浮遊物が次々と流れ出てきて浮いてくる。良多はそれを手桶《ておけ》ですくっては捨てていたが、あまりに風呂が狭くて身動きがとれないので、ついにお湯を足して浴槽のフチから湯を溢れさせて一掃した。

「小さいわ、久しぶりに入ったけど」と言いながら良多は居間に顔を出した。居間では響子と真悟が人生ゲームをしている。淑子が子供たちのために買ってやったものだ。もう勝負はついたようで、それぞれの車はゴール地点にある。

「真悟も入るか？」と声をかけて良多は冷蔵庫からビールを取り出して飲む。

淑子は台所のテーブルで絵手紙に夢中になっている。

「どうしようかな」と真悟は迷っている。

「入れよ、気持ちいいぞ」と言ってから声をひそめて淑子に「パイプ掃除した方がいいよ。黒いのフワフワ出てきたから」

「ああ、まっくろくろすけね」と淑子が笑う。

思えば良多が中学生の頃からこの現象はあった。風呂釜用のブラシで解消するのだが、忘れた頃にまた発生するのだ。昔から篠田家では〝アク〟と呼んでいたが、千奈津の娘たちと『となりのトトロ』を見て以来、淑子はまっくろくろすけと言うようになったのだ。

聞きつけた真悟が「まっくろくろすけ出るの？」と勢い込んで尋ねる。

「出るわよ〜。お湯ん中だけどね」と淑子は両手を垂らしてオバケの真似をしている。

良多は異変に気づいた。響子が背中を向けているのだが、まったく動かない。母親がなにかふざけたりすると必ず反応するのだが、黙ったままだ。

「人生ゲームかあ。次、三人でやろう」と良多は声をかけてみた。

「じゃ、ママ、一回お休み。二人でどうぞ」と響子は明らかに冷やかな物言いだ。

それに一番早く敏感に反応したのは真悟だった。

「なら、僕、風呂入ろうかな。くろすけ見たいし」と逃げるように風呂場に行ってしまう。

「母さん、真悟が風呂入るってさ。見てやって」

「は〜い」と淑子が真悟を追って風呂場に向かった。

良多は響子の前に座った。明らかに不機嫌で響子は視線を合わせようともしない。こんな時、良多は響子をそっとしておくことができない。

「じゃ、二人でやろうか？」

「やるわけないでしょ。しゃれになんないわよ。あなたと人生ゲームなんて」

乱暴に響子はゲームを片づけ始める。

「なに怒ってんの？」

「今日、あなたなにしたの、真悟と？」

金の話ではなかった、と良多は拍子抜けした。

「いや、スパイク買って、ハンバーガー食べて……」と言ってから慌てて弁解した。「マックじゃないからな。モスだぞ、モス」と。

だが怒りの原因はそこではなかった。

「それからなにした？」

やっと良多は宝くじのことだ、と気づいた。

「お願いだからあなたの〝趣味〟に引き込まないで」

「宝くじぐらいいいじゃん」とぼやく。

響子の目の色が変わった。

「私は真悟を勤勉な子に育てたいの。ギャンブルでお金をもうけようっていう……」

良多が響子の言葉を手で制した。

「宝くじはギャンブルじゃないだろ」

「ギャンブルよ」

「バカだな。違うよ」と良多はムキになる。

「じゃあ、なんだって言うの？」

「夢だよ。三百円で夢を買うんだよ」

「同じじゃない」と響子はすげなく返した。

「そんなこと言ったら全国六千万の宝くじファンを敵に回すよ」

ギャンブルのことでやり込められると決まって返す言葉だ。

「いいわよ。敵で結構です」と響子は相手にしない。

すると「よっこいしょ」と淑子の声がする。押し入れから布団を出しているのだ。響子は手伝おうと立ち上がった。その後に良多もついていく。

寝室には布団が二枚敷いてあって、そこに枕が三つ並べて置いてある。

「母さん、それはちょっとさ」と良多は淑子に突っ込んだ。

「お父さんの布団だけど、クリーニング出したから」と淑子はとぼけている。

「いや、そういうことじゃなくて、もう、俺たちはアレなんだから」

〝他人〟とは言えなかった。

「困ります」と響子がはっきりと告げる。

「別にいいじゃない。真悟くん、間に挟めばいいんじゃない？　私はそっちの居間でゴロンしちゃうんだからさ。外は大雨だけど、久しぶりに家族水入らずで」

冗談まじりに言って淑子は、布団を敷き終えてしまった。

響子は黙って布団を見つめるばかりだ。

「いやいやいや……困ったなあ」と言いつつも、良多はまんざらでもない笑みを浮かべてしまっている。

響子はそっと静かにため息をついた。

居間では淑子が一人でテレビに見入っていた。大好きな漫才を見ているのだ。今夜はスペシャル番組が久しぶりに放映されるのだ、と良多と響子も誘われたが、響子は「ちょっと支度をします」と寝室に行った。良多も寝室についていく。

響子は良多をにらんだが、部屋に一緒に入ってふすまを閉めた。

二人きりになると何を話していいのか分からなくなって、良多は真悟のカバンから作文を取り出して読みながらほめ始めた。

「いや、才能あるよ。なかなかこんな書き出しできないよ、小学生が」

「そうかな……」と響子は淡白な反応だ。横座りになって簞笥にもたれかかって眠そうだ。

「うん。色々と読ませた方がいいな」

「たとえば？」とやはりダルそうに尋ねる。

「シートンとかファーブルとか、ドリトル先生とかさ。今度、選んで送るよ」

いずれも良多が少年時代に夢中になった本ばかりだ。

「うん、ありがとう」

「いや、それぐらいしかできないからさ」

だが実情は〝それぐらい〟もできそうもない。その辺りを明らかにされたくなくて良多は別の話題にしようとしたが、響子が機先を制した。

「書いてるの？」

喉元に匕首《あいくち》を突きつけられたようだった。「俺のこと？」と良多は間抜けな質問をしてしまった。

響子は「うん」とうなずいた。

「今はさぁ、純文学って時代じゃないんだよなあ。ライトとかJとかって言ってさ」

「ずっと言ってる」と響子が言うが、非難する口調ではない。もうそんな時間はとっくの昔に過ぎ去っているようだ。

ライトノベルも文学。Jライトノベルも文学。純文学も文学のジャンルの一つ。偉いわけじゃない。響子が何度言っても最後は〝時代のせい〟にした。

だが今日は一つだけ良多には良い材料があった。

「実はさ、今、マンガの原作をやらないかって話が来ててさ。ま、大人んなって、そういうものもたまにはアレしてみようかな、と思ってますけどね」

これまでも様々な仕事を出版社から打診されていたのだ。小説の仕事だけではなかったが。それをこなしていればなんとか生活はできたはずだった。だが良多はそのすべてを〝くだらない〟と蹴り飛ばしてしまった。

「だから前から言ってたのに。人の言うこと聞かないから……」と響子は呆れる。

「それ決まればさ、養育費もなんとか毎月……」

響子は目を閉じて静かに首を振った。

「もう、いいけどね、無理して会わなくても」

「いや、全然無理してないって。父親として当然のことをしてるだけで……」と良多は紋切り型の言葉を口にした。かつてなら捨て台詞の一つも吐いて、家をプイと出て行ってしまう場面だった。

「月に一度の〝父親ごっこ〟でよく言うわね、そんなこと」

響子は冷たい怒りで突き放した。

「ごっこって言い方はないだろ」と反論するが良多に迫力はない。

「ごっこはごっこでしょ」

「じゃあ、週イチでも構わないよ、俺は」

良多は虚勢を張った。

「できないくせに」と響子に言われても良多は反論できなかった。さらに響子は追い打ちをかける。

「そんなに一生懸命父親になろうとするんなら、なんで一緒にいる時にもう少し……」

良多はうなだれてしまった。

「だよな……お前の言う通り」

良多の言葉に響子はいっそう、うんざりした顔になる。

「別れたんだからね」と響子は念を押すように良多の目を見る。

「うん」と言いながらも、良多は平然と「でも、終わってないだろ?」と言い放った。

「え？」

「だって、俺はずっと真悟の父親だしさ。それは俺たち夫婦がどうなろうと変わらないだろ」

響子はただため息をついた。

良多は響子のため息に焦燥感を募らせた。だが回避する方向には動けない。核心に向けて突っ込んでしまう。

「あれ？　もうなにか始まっちゃってる？　別のアレが？」

「うん、そうね」と響子はあっさり認めた。

「いるの？　そういう人？」

もちろん良多は知っている。だが聞かずにはいられない。

「なんでよ」と響子は疑いの視線を良多に送った。

良多は視線を逸らすにとどめた。

「真悟が言ったの？」

それには答えずに「やっぱりいるんだ」と責める口調になった。

響子は冷たい目で良多を見やる。

「もうアレか？　したのか？」

軽い調子にしようとしたが、失敗した。詰問調になってしまった。

「やめてよ、そういう話、ここで」

「したのか？」さらに切羽詰まった調子になる。

「したわよ」と怒ったように響子が返す。

良多はため息をついて布団に寝ころんだ。

「したんだ……。そうか、したんだ……」

「当たり前でしょ、中学生じゃあるまいし」と響子は良多をはねつける。

「再婚すんのか？」

「まだ分かんない」

「分かんないのに、したのかよ。決めてからしろよ」

良多の言うことはメチャクチャだった。だが響子も冷静さを失っていた。

「する前に決められるわけないでしょ！」

「なに言ってんだよ、お前……」と良多も大きな声になる。

「大きな声出さないで」と響子が制した。

「お前、なにもあんな……」と言ってしまってから、慌てて良多は口をつぐんだ。

「〝あんな〟ってなに？　知ってんの？」

「なにが？」

「見たの？」

「誰を？　どこで？」ととぼけようとするが良多の目が泳ぐ。

響子の顔に冷笑が広がった。

「ハイハイハイ、探偵さんですもんね。いやらしいわねぇ、ホントに。やることが」

良多は言葉を失った。すると居間から「こっちに来て見なさいよ。終わっちゃうわよ」と淑子が声をかけてきた。

「分かった。あとで行くよ」と良多が答える。

「子供作るのか？」と良多が声をひそめて尋ねる。

「そうね、作るかもね」

「それで急いでんのか」

三十五歳となれば、そろそろ妊娠出産にはリスクが大きくなる年齢にさしかかっている。再婚するとなれば男が実子を望むだろうことは容易に想像できた。

「急いでなんかいないわよ、意地が悪いわね」

「打算だろ、そんなの」

「人生設計って言うんです」

良多と響子の恋愛から結婚に至るまでの暮らしは、まったく設計することができなかった。荒れっぱなしの航海のようだった。唯一、設計できたのは離婚だけだ。響子だけの設計だったが。

「愛じゃないね」と良多は決めつける。

「愛だけじゃ生きていけないのよ、大人は」と突き返した。

だが良多は響子が愛のない結婚をすると白状したと受け取った。

良多は響子のスカートに手を伸ばして膝に触れた。

「ちょっとなにすんのよ！」と響子は良多の手を払った。

「いや、なにって、大人なんだからさ……」とまた響子の脚に手を伸ばす。

「大人って！　隣にお義母さんが……」

「いなきゃいいのか？　せっかく母さんがこうやってさ、もう一回……」

響子は満身の力を込めて、良多の手の甲を拳骨で殴りつけた。

「イテ！」と良多が悲鳴をあげるほどの鋭いパンチだった。

その時、響子は驚いて、居間の方と良多を交互に見た。

「なによ？　グルなわけ？　そういうことなの？　初めから」

それはあまりにも母親が気の毒だった。良多は動揺しながらも取り繕った。

「違うよ。人聞きの悪いこと言うなよ……」

響子はすがろうとする良多を振り払って立ち上がった。

「ママ〜、歯ブラシ、どっち？」と洗面台の方で真悟が呼んでいる。

「ハ〜イ、今、行く」と響子が答えると、淑子が「いいわよ、私が行くから」と言って「どっこいしょ」と声が聞こえた。

響子はうなだれて座っている良多を見下ろした。

「そんなことよりお金どうしたのよ、十万」

「払うよ、払う、払う」

「三回言った、今」

当てがない時に約束をすると、良多は必ず三回くり返すのだ。くり返すことで信用が増すとでも思っているようだ。しかし、それはまったくの逆効果だった。

「いや、ホントに明日の朝までには……」

「でまかせ言わないでよ。どうやって明日の朝までに……」

「いや、だからさ……」と良多は今夜に予定している天袋の捜索を口に出してしまいそうになった。

「いっつも会うだけ会って……。もう次はないですから」

響子はそのまま部屋を出てしまった。

良多は殴られた手の甲をさすった。


結局、響子は真悟とともに昔の良多の部屋に布団を移動して眠っていた。だが響子は目が冴《さ》えて眠れない。響子が折り返さなかったからだろう、福住からメールも一通届いていた。水曜日のデートの段取りが箇条書きになって送られてきた。福住のメールはいつも事務的だった。もちろんそれで良かったのだけれど、メールのやりとりで笑う、というようなこともなかった。

もちろん、それで良いのだ。

響子は寝息を立てている真悟の頭をそっと撫でた。

6

寝室で布団に入って息をひそめていた良多はそっとふすまを開けた。台所に出て居間を覗くと淑子が寝ていた。しばらくその様子をうかがう。寝息が聞こえる。横向きになって手足を縮こまらせていて胎児のようないつもの母親の寝姿。

良多は足音を忍ばせて居間に入ると、手を伸ばして天袋を開けた。長身の良多は踏み台を使わずとも中が覗ける。大型の懐中電灯で中を照らす。スイッチのカチリという音がやけに大きく響く。

天袋の中には様々な家族の遺物が詰め込まれている。千奈津や良多の賞状や文集。母親がため込んでいる布切れや、まったく使わなかった茶碗やコップやナイフとフォークのセット、古いガスコンロ……。良多の本が三冊ほどあった。家には一冊しか送らなかったはずなのに。

目当てのものを見つけて、思わずにんまりしてしまった。姉の言う通りだった。

ストッキングにくるまれた預金通帳だ。母親がどれだけ貯めているかは知らなかった。だが百万単位ではあるだろう。盗むんじゃない。本当に借りるだけだ。マンガの原作をやれば確実に金は得られる。間に合わなければ来月の給与で返せばいい。なにより先日一万円をあげたのだ。その分だけでも……。いや、当座必要なのは十五万、いや二十万だ。それでどうにかなるはずだ。

良多はストッキングにくるまれた通帳を手にして、母親の様子をうかがった。

起きてくる気配はない。

そっと台所に戻った。

そもそも息子が親の資産を知る必要があるってのは当然で……と心の中で言い訳をしなが

ら、グルグルと巻き付けられたストッキングをはずした。指のささくれがストッキングにひっかかってなかなか取れない。気が急いて無理矢理に引っ張り出した。チラシで包んであるのをほどく。すると中から出てきたのは段ボールの切れ端だった。通帳と同じような形に切ってあるのだ。

包んでいたチラシに〝残念でした！　姉より〟とサインペンで書いてあった。

さりげない風を装って通帳の隠し場所を聞き出したつもりだったが、まんまとやられた。天袋に戻さなければ。そうすればバレない。

その時、慄然とした。ストッキングは何重に巻き付けてあっただろう？　姉はそういう細かいところに気づく。いや罠《わな》を仕掛けているはずだ。思い出そうとしばらく眺めていたが、諦めた。いずれバレるのは間違いない。だが、どうしようもないので、とりあえず天袋に戻しておく。

当てがはずれた。なんとかしなくてはならない。寝室に戻って、箪笥の中を丹念に調べていく。やはり見つからない。

だが仏壇の脇にある汚い小箱を開けると、そこに新聞紙に包まれたものを発見した。前回はこの辺りも見たはずだったが、見逃していたようだ。

新聞紙に包まれたものはずしりと重かった。期待に胸を膨らませながら開く。

硯《すずり》だった。父親が愛用していたものだ。周縁に彫刻が施してある。高級そうに見えるが、その価値は分からない。とりあえずいただいておくことにした。

仏壇の中の父親の写真が目に留まる。父親のものを頂戴するのには不思議と引け目を感じない。大事にしていた切手を質入れされた仕返しという気分もある。一番大きいのは家族に必要な金をギャンブルに注ぎ込んだという思いだった。自分ばかりを優先して生きた男。その父の姿がそのまま自分に当てはまるという居心地の悪さは、良多はとりあえず脇に置いてしまう。

写真の中の父親は柔和に笑っていて、少し若く見える。亡くなる一年ほど前に撮った写真だった。

それでも線香の一本でもあげておこう、という気になった。

ライターで火をつけて、線香立てに挿そうとするが、線香の燃えかすが中に一杯入っていて、なかなか立てることができない。

良多は線香の火を流しで消してしまった。

台所の床に新聞紙を広げて、そこに線香立ての中の灰を空ける。湿気が多いので、あまりホコリはたたなかった。

爪楊枝で灰の山を崩すと、線香の燃えかすがたくさん顔を出した。それを割り箸で一本ずつ取り除いていく。小学生や中学生の頃に父親に命じられてやらされた作業だ。

外ではさらに風の音が強くなっている。雨が窓ガラスを叩く音も聞こえた。割ってしまったガラスは大丈夫かと心配になったが、千奈津の夫・正隆の日曜大工の腕前はお墨付きなのだった。

すると居間でガタガタと音がした。淑子が起き出してきたのだ。パジャマの上にカーディガンを羽織りながら、あの防水CDラジカセのラジオのスイッチを入れる。台風情報が流れだした。

「寝ないの？」

良多が声をかけるが、淑子はカーテンを開けて外の様子をうかがっている。

「寝てもすぐに目、醒《さ》めちゃうのよ、歳取ると」

「薬もらえば、高橋《たかはし》先生のトコで」

「うん、時々もらってんだけどね、導入剤。うわっ凄い風。今、なんか飛んでった」

「朝にはいなくなるって言ってたけど」

「台風大好きなの。なんか気持ちがせいせいする」

「変わってんなあ」と言いながらも良多も寝つけないのだ。昨夜はあまり寝ていないし、野宿だったのだから、眠くても当然なのだが眠気がやってこない。

「練馬の家さ、台風来るたびに、屋根飛ばされないかって心配で。夜んなると荷物まとめて、みんなで幼稚園の教会に逃げ込んだじゃない？」

練馬の家は古い借家だった。屋根がトタンで風が強いとバタバタと大きな音を立てた。平屋なのに建物自体もグラグラ揺れた。鉄筋コンクリート造りの教会に避難すると驚くほど静かでホッとしたものだ。

「そうだった、そうだった。いつもは昼間しか入ったことないから、夜だとステンドグラスが綺麗に見えて」

「ここに越してきた時は〝これでもう台風の心配しなくて済むんだ〟ってホッとしたけど」と淑子は懐かしそうにする。

だがまだ続きがあった。

「まさかここに四十年も住むことになるなんて思わなかったわね」

「すみませんね、甲斐性なしの息子で」

「私が死ぬだろ？」と淑子がいきなり切り出した。

「なんだよ。急に縁起でもない」

「縁起とかじゃなくて、いつか必ず死ぬじゃない。多分、ここでさ」

「ま、そりゃそうだろうけど、またどっか具合悪いの？」

「そうじゃないけどさ」

一昨年にみぞおちの辺りが痛いと言い出して、かかりつけ医の高橋先生に診《み》てもらったところ、かなり大きな胆石が見つかったのだ。だが手術するほどではなく、薬物治療だけで済んでいる。血圧は高めだし、血糖値も高いが、どちらも薬でコントロールしている。だから健康とは言えないが元気だ。

「あんた、私がだんだん弱っていくの、ちゃんとそばで見てなさいね」

「ヤだよ、そんなの」と良多は笑って受け流す。

「迷惑かけずにポックリってのが本人も周りも楽だって言うけど、そんなの嘘よ」

「そうなの？」

「お父さん、そうだったじゃない」

父親の死が楽だったか、苦だったか、良多には詳しいところは分からない。なんの前触れもなしに、母親から今、亡くなったと電話があったのだ。持病も特になかったが、病院が嫌いだったから、検査をすれば悪いところは見つかっていたのかもしれない。死因は心不全だ。風呂の中で倒れているのを母親が見つけた。救急車で搬送中にこと切れた。心筋梗塞が起きていたそうだ。

同乗していたのは母親だから、苦しんだ姿を見たのか、と良多は思ったが、あっけなく逝ってしまった、と母親は平素と変わらぬ様子で言った。

だが母親なりにその急逝を〝楽〟とは思っていないのか、と良多は思った。

「お父さん、夢に出てくんのよ」と迷惑そうな顔を作る。

「見るんだ？　そういう夢」

「たまによ。たま〜に」と照れ隠しのように言う。

夢の中の父親は、米びつから通帳を盗んで逃げ回っているのだろうか。それとも、若い頃の甘い思い出なのか。

「どんな夢よ？」

「生きてんのよ、いっつも。それで私もお父さんが生きてると思ってんの」

声や表情からは母親がそれを好ましく思っているのか、厭わしく思っているのかは良多には判断できなかった。しかし、その夢を見ることが〝楽〟ではないと言っているのだから楽しくはないのだろう。暴力をふるったり、怒鳴り散らしたりする人ではなかったが、母親が父親に苦労させられたのは間違いない。

だが昼に電話をした時に「お父さんかと思った」と言った時の声は嫌そうではなかった。

淑子は良多の前に椅子を出して、そこに座った。

「どっちがいい？　長いこと寝たきりできちんとお別れできんのと、ポックリ逝ってず〜っと夢に出てくんのと」

「どっちもヤだなあ」

「つまんないわね。どっちか選びなさいよ」

ひょっとすると母親は、夢に出てくるほどに父親がこの世に心を残していることを〝苦〟と言っているのだろうか。父はどんな心残りがあったのだろう？　と初めて父親の人生を良多は考えた。

「どっちよ」と淑子はしつこい。

「じゃあ、寝たきり？」とおもねる口調になった。淑子は「弱っていくのを見てなさいよ」と言ったのだから。

「ファイナル・アンサー？」とみのもんたの口真似をする。

「古いなあ。ファイナル・アンサーだよ」

答えるとそれで納得したようで、淑子はラジオに注意を向けた。

「アラ」と小さく声をあげて、ラジオを引き寄せて、響子たちを気にしながらもボリュームを少し上げる。

パーソナリティの女性がテレサ・テンの紹介をしている。母親がテレサ・テンを好きだったという記憶が良多にはなかった。

『つぐない』や『愛人』という大ヒット曲よりも一九八七年の『別れの予感』が好きなんだ、とパーソナリティが打ち明け話のように語っている。淑子はその言葉に共感しているようで、うなずいている。

歌のタイトルの割りには軽やかな曲が流れて、テレサ・テンのささやくような歌声も流れる。

泣き出してしまいそう
痛いほど好きだから
どこへも行かないで
息を止めて　そばにいて

曲を聴きながら良多は父親のことを考えていた。ギャンブルに明け暮れた父親。彼の心残りがあるとしたらなんだったのだろう、と。だがどんな場面を思い出しても父親は心の中をさらけ出すような姿を良多に見せたことはなかった。

「親父はどうしたかったんだろうね？」と良多は尋ねていた。

「何を？」

「自分の……人生をさ」

「さあ、よく分かんなかったわ、最後まで」

死ぬ前の日まで、父親がスクラッチという宝くじをやっていたと母親が言っていた。硬貨で削ってその場でアタリハズレが分かるもので、くじではあったがギャンブルだ。中毒と言ってしまえばそれまでだが、恐らく、と良多は思った。なにか、父親なりに追い求めたものはあったのだ。だが、それが叶わなかった。その代替品としてギャンブルの高揚を求めたのだ。きっと今の自分のように。

「親父も思い通りにいかなかったんだよね、色々。時代のせいで……」

「ううん、違う。時代のせいにしちゃったのよ。自分のダメなところを」

良多は身につまされていた。確かに母親の言う通りなのだろう。そして父親の弱さを思いしんみりとした気分になった。

「なに、しんみりしてんのよ？」

「いや……」と良多は線香を箸でつまみ上げる。

「あんた、今、その線香、お父さんだと思ったでしょ」

図星だった。毎朝、父親は仏壇に線香をあげていた。この中の何本かは父親があげた線香の燃えかすかもしれないと思ったのだ。魂が宿っている、と。

「いなくなってから、いくら思ったってダメよ。目の前にいる時にきちんとアレしないとね」

「分かってるよ」

「なんで男は今を愛せないのかねぇ」と淑子は音楽に合わせて身体を揺らしながら言った。

あまりに現実が卑小だからだ、と良多は思ったが、黙っていた。

「いつまでも失くしたもの追いかけたり、叶わない夢見たり……。そんなことしてたら毎日楽しくないでしょう？」

「そうですかね」と良多はとぼける。父親ではなく母親が自分に向けて言っているのは承知している。

テレサ・テンの切なげな声に気を取られた。

教えて　悲しくなるその理由
あなたに触れていても
信じることそれだけだから

「幸せってのはね、なにかを諦めないと手にできないもんなのよ」

母親の言葉に良多は目を上げた。悲しい言葉だったが、確かにそうかもしれない、と思った。

テレサ・テンの歌声が響く。

海よりもまだ深く　空よりもまだ青く
あなたをこれ以上愛するなんて
私にはできない

淑子は曲に触発されたのか「はあ」とため息をついてから言った。

「私は海よりも深く好きになったことなんて、この歳までないけどさ」

「寂しいこと言うなあ」

「あんたはあるの？」

淑子にそう聞かれて、良多は戸惑った。最初に頭に浮かんだのは響子だった。だがそれが海よりも深いものだったか、と問われれば返事に困る。

「俺は、まあ、それなりに……」と口ごもるも、視線は響子と真悟の眠る部屋に無意識のうちに向いた。

「ないわよ、普通の人は」と淑子は決めつける。

〝普通の人〟に自分が含まれるのか良多は測りかねた。

「それでも生きてんの、みんな。毎日楽しく」と続けたが、首を振った。

「ううん、ないから生きていけんのよ。こんな毎日を、それでも楽しくね」

一度でも激情のような愛に溺れてしまったら、もう平穏な日常を楽しむことなどできないのかもしれない。

「複雑だね」と良多が言うと、また淑子は首を振った。

「ううん。単純よ、人生なんて単純」

そう言った直後に淑子は急に立ち上がった。

「今、母さん、すごく良いこと言ったでしょ？　今度のあんたの小説に書いていいわよ。ほら、メモしなさいよ」とメモ用紙を取りに行こうとする。

「いいよ、覚えたから」

だが淑子はチラシを小さく切り揃えたメモの束を持ってきてしまう。

「どこんとこがいい？」と尋ねる。

「なにが？」

「〝幸せ〟の話のトコからずっといいじゃない……」

そう言い募る母の横顔を良多は見た。楽しげだ。だがふと思った。母親は待っているのだ。十五年間。母親は、やってこない息子だけでなく、その家族と、新作小説を待ち続けている。たまたま立ち寄っただけのアオスジアゲハを待ち続けているように。

ミカンの木がベランダで激しく揺れている。

良多は眠れないままに、台所のテーブルで一人、メモ帳を開いていた。母親は居間でまた床に入った。寝息が聞こえるから、眠ったのだろう。

メモ帳には〝誰かの過去になる勇気〟という所長の言葉があった。その隣に〝なにかを諦めないと手にできない幸せ〟という母親の言葉が書きつけてある。

待ち続ける、という言葉が良多の頭の中でリフレインしていた。だがそれをメモできずにいる。一人この団地でなにかを待ち続ける母親のことを思うと、あまりに切なかった。

するとかつての自分の部屋のふすまが開いた。顔を出したのは真悟だった。眠そうな顔をして良多に「まだ台風いるの？」と聞いた。

「ああ、凄いぞ」と言うと真悟は微笑んだ。

「トイレか？　そこにスイッチあるぞ」

「知ってる」と真悟は言ってトイレに入った。

良多はあることを思い立って、懐中電灯を手にして立ち上がった。

真悟がトイレから出てくるのを、暗がりに立って待つ。そして懐中電灯を点《つ》けて、良多の顔を真下から照らす。無精髭の顔が暗がりの中に浮かび上がった。

真悟は驚いて身体を硬くしている。

「行こうか？」と良多はニヤリと笑った。

「きゅうすいとう？」と真悟はおののいた。

「公園だ」と良多が告げると、「うん」とうなずいて真悟の顔が輝いた。その笑顔のためならなんでもしてやりたい、と思わせるような最高の笑顔だった。

良多はなぜだか泣きたくなった。


響子は暗い部屋の中で布団から身を起こして聞き耳を立てていた。

「おせんべいとホワイトロリータと……」と真悟が良多に報告している。

「滑り台んトコは……」と良多がなにか答えているが、雨風の音で聞き取れない。

どうやら二人で台風の中を冒険にでも行こうとしているようだった。

「危ない」と止めることもできたが、真悟の声が弾んでいるのが分かったので、黙認することにした。

やがてドアがそっと開かれ、閉まった。

響子はやはり心配になってベランダに向かった。ガラス越しに、良多と真悟の姿を確認した。真悟はビニール製の雨合羽を着ていて、その肩に良多が守るようにしっかりと腕を回している。

怪我するようなことはないだろう。団地の木々が大きく風で煽られている。

「給水塔、上るわけじゃないだろうね」と背後で声がして、振り返ると淑子がカーディガンを羽織りながら台所に出てきた。

「公園だと思います。滑り台がどうとか言ってましたから」

「ならいいけどね。あの子、昔、友達と上ってさ。怖くなって一人だけ降りらんなくなって、消防車呼んだりして大変だったのよ」

正確に言うなら消防車ではなく梯子《はしご》車がやってきて、給水塔の途中で動けなくなって泣いていた良多を救ってくれたのだ。良多が汚名をなすり付けた芝田くんは自力で降りている。

〝大器晩成の芝田くん〟だけにビビらなかった。

良多が泣いている姿が目に浮かんで響子は笑ってしまった。

「自分が臆病なの知ってるくせに、なんで真っ当に生きらんないのかね」と言う淑子の言葉に響子は深くうなずいた。確かにその通りだった。結婚生活はその「なんで？」の答えを探しているようなものだった。

眠っていたのは三時間ばかりだろうが、響子はもうすっかり寝そびれてしまった。眠気はまったくない。社長からは午後からの出社で良いと昨日のうちに告げられていたから、朝眠くなったら仮眠をとって出社してもいい。

台所で淑子と話をしていると、「あなた字が上手だったわよねぇ」と言い出した。喪中はがきの代筆を依頼されたのだ。

「娘に頼んだんだけど、あんまり借りを作りたくないのよ」と淑子は言った。千奈津と義母は仲がよいと響子は思っていたから意外だったが、親密であるがゆえの気兼ねもあるのだろう。

万年筆を使うのは久しぶりで気持ちが良かった。

「上手ねぇ、ホント、うらやましい」と文字を見ながら淑子が感心している。

「いえ」

「お母さんもお上手だった？」

「ええ、習字の先生をしてて」

「私ももうちょっと頭良かったら家庭科の先生とかになりたかったんだけどねぇ」

「へえ、そうなんですか。初耳です。私も教職とってたんですよ」

「あら、そうなの？　なんの先生？」

「国語です。教育実習もやったんですけど。

響子の声が最後は小さくなった。教師になれなかったのは妊娠したことが原因だ。これ以上、この話を続けるのは良くない、と響子は口をつぐんだ。

するとと、淑子も黙り込んでしまった。響子がはがきの宛て名を書く姿をじっと見ている。

「そんなに見られると緊張しちゃう……。あ、これ、結婚式に来てくれた、川崎《かわさき》の」響子は宛て名に覚えがあった。良多の父方の親類だ。

「そう、去年奥さん亡くなって」

「そうなんですか、まだお若いのに」

式で挨拶をしただけで、それから一度も会っていなかった。実家にも良多は寄りつかなかったのだ。親戚付き合いなどできるわけもなかった。

淑子は響子が書き終えたはがきを並べながら、唐突に切り出した。

「もう、ダメなのかしらね、あなたたち」

響子は返答に迷った。だがもうはっきりしておいた方がいい。これまでも言外に復縁を願うようなニュアンスを感じてはいた。だが直接に尋ねられたのは初めてだ。この機を逃すべきではない。

「お義母さんには、本当の娘のように思っていただいて、とっても嬉しいんですけど」

「そう」と淑子はしんみりしている。

「良多さんは家庭に向かないと思います。子供ができたら変わるかなと思ったんですけど……」

「似ちゃったのよね、そういうトコ、父親に」

淑子も同じ苦労をしているのだ。

「ごめんなさい」と響子は頭を下げた。

「いいえ、こちらこそごめんなさいね。はい、この話はおしま～い」

淑子が無理矢理に明るい声を出した。響子はうつむくしかない。

「〝お寿司の会〟も、やめにしようかね」

淑子が冗談めかして告げた。だが即座に響子は「いえ、行きましょう」と応じた。

「そう？」と淑子の顔に笑みが広がる。

「はい」

「じゃ、たまには回らないヤツをね」

「今度は私がごちそうしますから」と言う響子の声に「まあ嬉しい」と応じながら寝室に向

かった。そして仏壇の脇にある小箱から木の箱を取り出した。

戻ってくると響子にその箱を手渡した。

「あ、へその緒」

桐《きり》の箱に入った真悟のへその緒だった。

「お宮参りの後に、私が預かったの」と淑子が懐かしそうに言う。当時新居への引っ越しでバタバタしていて、淑子に預かってもらっていたのだ。

「そうでしたね」と響子はフタをあけた。ひと回り小さくなっているような気がした。

「これはあなたが持っててちょうだいな」と淑子の声に切なさがにじむ。

「はい」と響子は悲しげな顔になる。

「ねぇ、ホントに、なんでこんなことになっちゃったのかしらねぇ」

淑子はそう言って目に涙を浮かべた。今さっき、「この話はおしまい」と言ったばかりなのに。やはり頭ではわかっていても、一度は家族だった人間がいなくなることを受け入れられないのだろう。

響子にはなにも言えなかった。ただ涙ぐむばかりだ。

しばしの沈黙の後に「それにしてもヘタな字ねぇ」と淑子が話題を変えた。

桐の箱に〝真悟〟とサインペンで書いたのは良多だった。悪筆な上にインクがにじんでいるのでひどいありさまだ。

「お義父《とう》さんに書いてもらえば良かった」と響子は泣き笑いになった。

「こういうトコは私に似ちゃったのよ」と淑子はティッシュで涙を拭った。


台風は関東の沿岸に接近して上陸も予想されていた。猛烈な雨と風だった。タコの滑り台の下にあるトンネルの中にいてもその音は凄《すさ》まじかった。分厚いコンクリートに覆われているので安心感はあったが。

「あ、今、なんか飛んでった」と真悟が指さす。

闇の中を白いモノが猛烈なスピードで飛び去るのが一瞬見えた。

「ビニール袋かな」

「傘だよ、傘」と真悟が確信に満ちた口調で言った。

「あ、人だ」と良多が指さす。

「飛んでるの？」と真悟が驚く。

「嘘だよ〜ん」

「なあんだ」と言いつつも真悟は笑顔で楽しげだ。

その笑顔を見つつ良多は「せんべい食べようか」と言った。

真悟がビニール袋を広げると、中から歌舞伎揚げの大袋を取り出した。淑子が買っておいたものを持ってきたのだ。

良多と真悟は歌舞伎揚げを少しかかげて乾杯のまねごとをしてからかじる。

「ちょっとしけってんな」と良多が笑う。

「うん、でも、おいしい」

確かに深夜のせんべいはおいしかった。父親と来た時にもなにかせんべいのようなものを食べたような気がする。あれは小学校の低学年の頃だった。とてつもない大人の冒険をしているようで、ワクワクした気分になったのを覚えている。父親も珍しくはしゃいで冗談を言ったりした。

「真悟はおじいちゃんのこと覚えてるか？」

「うん、覚えてるよ。優しかった」

これは良多には意外だった。

子供を可愛がるというタイプではなかった。真悟を連れて行っても知らん顔をして新聞を読んでいたりしたものだ。

晩年はほとんど良多も近づかなかったが、真悟は響子と何度か団地を訪れていたようだったから、さすがに老いてからは、人恋しくなったりしていたのだろうか。

「でも、パパは嫌いだったんでしょ？　おじいちゃんのこと」

「なんで？」

良多は真悟にそんなことを言った覚えがなかった。

「そう言ってた、おじいちゃんが」

「いや、そんなことないよ。ただ、ちょっとな、喧嘩しちゃったんだ」

「なんで？」

「パパが小説家なんかになったからかな」

明確な理由などなかった。「字を書いて暮らせるわけがない」というようなことは常々口にしていた。だがそれだけではない。年を追うごとに父親の存在自体が煙たくなっていった。〝こうはなりたくない〟と思いながらも、父親の轍《てつ》を踏んでいる自分をまざまざと見せつけられているような気がしていたのかもしれない。

「真悟は大きくなったら、なにになりたいんだ？」

「う〜ん」とちょっと考えてから「公務員」と答えた。

間違いなく父親のようになりたくないからだ。高校生の時に良多が思っていたことと同じだ。

「プロ野球の選手じゃないのか？」

「なれないよ、そんなの」

「分かんないだろ、やってみなきゃ」

「分かってるよ」と真悟は言い切った。大人びた表情に良多はドキリとしていた。

逆に真悟が良多に尋ねてきた。

「パパはなんになりたかったの？」

〝公務員〟とは言えなかった。

「なりたいものになれた？」と重ねて真悟が尋ねてくる。

小説家にはなった。だが今は小説家だろうか？　十五年も書けない小説家。

「パパはまだ、なれてない。でもな、なれたかどうかが問題じゃないんだ。大切なのはそういう気持ちを持って生きてるかどうかなんだよ」

「ホント？」

真悟のまっすぐな瞳がまぶしい。思わず視線を逸らしてしまった。

「ホントだよ、ホント、ホント」

自分に言い聞かせるように良多は言った。真悟がまるで良多の心の中を覗こうとするかのような視線を向けてくる。その瞬間に良多は気づいた。三回くり返していた。

嘘なのだろうか。自らを欺《あざむ》いているのだろうか。

「ホントさ」ともう一度だけ良多は自分に言い聞かせるようにつぶやいた。

「真悟、いるの？」とトンネルの外から声がした。響子だ。

「ママも入りなよ。ここなら、濡れないよ」

外から「これ、お気に入りだったのに」とぼやきながらも響子がトンネルの中に入ってきた。見ると水玉模様の傘の骨が折れてしまっている。響子もビニールの雨合羽を着ていた。

「おばあちゃん、心配するから、そろそろ帰ろうよ」と響子が言うが、真悟は「え〜」と不満の声をあげた。

「じゃ、あそこの自販機でコーヒー買ってくるからさ。それ飲んだら戻ろうか」と良多が提案すると、渋々ながら真悟がうなずいた。

「じゃ、僕が買ってくる」

良多も響子も危ないと引き止めたが、珍しく譲らない。

響子は温かい緑茶、良多と真悟は温かいコーヒーと決まった。

真悟は雨の中を駆けだしていった。「ヤッホー！」と叫び声をあげて。

「あの子、あんな声出して」と響子は驚いた。

真悟はふざけたりはしゃいだりすることの少ない子供だった。友達が騒いでいる時も一歩退いて見ているような。

台風の夜の冒険が、真悟の心に変化をもたらしたのだ。

「こんなはずじゃなかったよな」と突然良多は口を開いた。

「そうよ。すぐ帰るつもりだったし……」

「いや、そうじゃなくてさ」

今日のことではなかった。良多が言っているのは、これまでのすべてのことだった。

「ホントにそう。こんなはずじゃなかった」

響子も噛みしめるようにつぶやいた。

「転ぶなよ」と良多は真悟に声をかけた。真悟もなにか叫んでいるが聞こえない。

「もう決めたんだから、前に進ませてよ」

響子が良多の目をまっすぐに見て言う。

「ああ、うん……」と良多は生返事をする。

「分かってる？」と響子は良多の顔を凝視してくる。

良多は響子の顔を見ずにうなずいた。

「分かった……。いや、分かってた」

本当はずっと前から分かっていたんだ。でも、向き合うことが怖かった。恐ろしくて目を背《そむ》けて〝父親ごっこ〟でつながろうとしていただけだ。

良多は雨の中を走ってくる真悟から目を離せなかった。

「そんなの飲んだら眠れなくなっちゃうよ」と響子が真悟をたしなめた。

「寝ないもんね」と真悟は缶コーヒーをさらに飲む。

「ダメよ。身体に良くないの。まだ子供なんだから」

「子供だって言ったり、大人だって言ったり、ずるいよ」と真悟は不満げだ。

「いつ大人だって言ったのよ」と響子もムキになる。

「言ったじゃん、この間。もう子供じゃないんだから、もう少し楽しそうにしなさいって。デートの後で」

思い当たって響子は顔をしかめた。

「そりゃ、困っちゃうよなあ」と良多が同意すると「あなたは黙ってて」と叱られた。

「はい」と神妙な顔で頭を下げる。

「なにも今、言わなくてもいいじゃない、そういうこと……」と響子が真悟に小言を言い始めると、真悟が中腰になってポケットを探った。

「あ！　宝くじがない」と外に飛び出していく。

「落としたのか？」と良多が尋ねると、「三億円」と返ってきた。

「そんなの当たらない。やめなさいよ。濡れて風邪ひくだけ」

「バカ、お前、三百円は必ず当たるんだぞ」と良多も外に駆けだした。

「そうなの？」と響子も慌てて出ようとして、足を滑らせて転びそうになった。どうにか踏ん張って転ばずにトンネルを出ていく。

深夜の団地の公園を右往左往しながら、暴風に舞い散る宝くじを追って三人は走り回る。真悟は転んでもすぐに立ち上がって一心不乱になって探していた。


台風は明け方には関東沿岸をかすめて、去っていた。台風一過の空は抜けるような秋晴れだった。

宝くじは九枚回収された。びしょ濡れになった良多のシャツとともにベランダに干されている。真悟がどうしても最後の一枚まで見つけると言って聞かなかったのを響子が叱りつけてようやく諦めさせたのだ。

玉子焼きに漬け物、水菜と油揚げの味噌汁という朝食を良多と真悟、響子が台所のテーブルで食べていた。

淑子は仏壇で線香をあげてから、整理簞笥の引き出しを開けて、なにか探している。

「ねー、やっぱり泊まって正解だったでしょう？」と淑子が誇らしげに言う。

「そうでしたね」と響子が応じる。

テレビのニュースでは昨夜の台風の被害が報じられている。負傷者が都内だけで百二十人も出たというのだ。

真悟の学校も午後からの登校というメールが、響子の携帯電話に届いていた。

喪中はがきの宛て名も全部書き終えることができた。

淑子が白い開襟シャツを手にして良多に差し出した。

「はい、これ」

「なによ？」

「お父さんの。あんたのまだ乾かないから、これ着て帰りなさいよ」

「あったんだ？　捨てたんじゃないの？」と良多が言うと、淑子はきまり悪そうに言い訳をした。

「たまたまね。捨て忘れたヤツ」

〝捨て忘れたヤツ〟は自分の箪笥の引き出しにしまったりしないものだが、良多は「へえ」と言うにとどめておいた。

「ちょっと小さいけど、似合うわよ」と淑子はシャツを良多の背に当ててみている。良多は響子と顔を見合わせて小さく笑った。

折れた木の枝や壊れた傘やゴミが散乱していたが、雨と風で洗われたようで、芝生の緑がまばゆかった。

真悟は外に出るとその芝生に駆け寄った。そして一枚の紙切れを手にしたが、すぐに捨てた。宝くじではなかったようだ。諦めきれないのだ。

良多と響子が真悟を真ん中にして歩き始めると真悟が立ち止まった。

「あ、おばあちゃん」と指さす。

階段の踊り場から淑子が手を振っていた。

ちょっと脚が痛いから玄関で失礼する、と言って別れたのだが、結局、見送りするために階段を半階分、降りて手を振っているのだ。

良多は胸を衝かれていた。これまで母親がバス停まで見送らなかったことがあったろうか、と改めて気づいたのだ。なかった。まして孫と元嫁が一緒なのだ。

良多はもう一度母親を見直した。振る腕の細さに愕然《がくぜん》とした。肉がそげているかのような細さ。

先日、見送ってくれた時に階段を下ってきてひどく疲れていたのを、〝大げさ〟だと思ったのは間違いだった。きっとこれからは階段を上り下りして外出する回数が減っていく。二日に一度が三日に一度になり……。その始まりなのだ。

良多は母親の死を初めて意識していた。

そして、その瞬間にあることに気づいた。木だ。団地が暗くなっていると思った原因だった。良多が子供の頃には二階まで届くか届かないかしかなかった立ち木が、五階を超えるほどに丈を伸ばして、枝を広げている。だから暗く感じたのだ。

徐々に団地が自然に還《かえ》っていくような錯覚に陥った。団地が木々に飲み込まれていく。苔《こけ》むして奥深い森に飲まれて沈んでいくのだ。

その森の底に胎児のような姿勢で眠っている母の姿がありありと浮かんだ。

寝入った母親を見守る者は誰なのだ、と良多は心の中で問いかけた。

だがすぐにその考えを頭の中から追い払った。

7

良多は銀行に行くから、と響子と真悟を清瀬の駅前で待たせて、質屋に駆け込んだ。硯を質入れするためだ。

「三十だな」と硯をつぶさに虫眼鏡《むしめがね》で見ていた主人の二村は言った。

良多は我が耳を疑った。三十万円。予想だにしなかった金額だ。

「なかなか良い物だよ」と二村が笑顔を見せた。

良多は硯を手にして眺める。確かに手の込んだ彫刻が施されているが、それほどの価値があるとは良多には思えなかった。父親は一体、いくらで購入したのだろう。

「おーい、婆さん、団地の篠田さん。アレ持ってきて」

二村が声をかけると「ハイハイ」と愛想の良い声がして、二村の妻が単行本を持ってきた。まるで新品のような良多の『無人の食卓』だった。

「あんたの親父さんが持ってきてね。〝初版本だからいずれ高くなるから〟って」

「親父が？」とこれまたあまりに意外で良多はすっとんきょうな声を出してしまった。

「嬉しかったんじゃないの？　辺りのお店、ほとんどみんなタダで配って歩いて」

良多は手にしていた硯に目を落とした。天袋にあった三冊はその残りか。

「あなた、せっかくだから、筆でサインしてもらったら」

二村の妻が二村に促した。

「そうだな。その硯使ってさ、筆でサインしてよ」

「ハイ」

「いい息子さん、持ったねぇ、篠田さんは」

二村がしみじみとした声を出した。嫌味ではなかった。どうやら空の上にいる父親に向けて言ったのだ。弔《とむら》いの言葉を。

二村の妻が水差しと墨を用意してくれた。

良多は硯に水差しから水を数滴垂らした。父親がしていたように、墨をすり始める。ゆっくりと急がずに。

良多は背筋を伸ばした。それも父親のいつもの姿勢だった。

墨をする音が懐かしかった。


良多は待っていた響子と真悟に「スマン」と頭を下げた。響子は黙ってため息をついただけでなにも言わなかった。

結局、良多は硯を質入れできなかった。淑子が開襟シャツを処分できなかったように。なにより二村に「いい息子」と言われてしまっては質入れしづらかった。

もう九時を回っていたので電車は空いていて、三人は並んで座ることができた。

真悟はまだ湿りけの残っている宝くじを何度も広げて見ている。その隣で良多は袱紗《ふくさ》に包まれた硯を手の中でさすっていた。

「その宝くじ、真悟にやるよ」と良多が言った。

真悟は心配そうに母親の顔色をうかがった。すると響子は笑顔でうなずいた。

「当たり前だよ」

「いいの？」

池袋の駅前は壊れた傘があちこちに落ちていたが、やはり汚れが吹き飛ばされたようで、町並みが美しく映えている。

「じゃ、来月、また、ここで」と良多が別れを告げた。

「うん、それまでに十五万。三カ月分」と響子が念を押す。

「ああ、大丈夫だよ」

良多は真悟に視線を移した。

「じゃあな、真悟」

「またね」と真悟が手を振った。

良多はその場で二人が去っていくのを見守っていた。

「スパイク、持つよ」と真悟が響子からスパイクの入った袋を受け取って肩に下げる。

「次はフォアボールじゃなくてホームラン打とうね」と響子が励ます。

「フォアボールが好きなの」

「フォアボールが……」

響子の声は自動車が走り抜ける音にかき消されて良多には聞こえなかった。

ただ真悟がうなずくのが見えた。こっくりと深くうなずくのが真悟の癖だ。

幼く感じさせるが、可愛い仕種だ。その癖に気づいたのは離婚してからだった。

売らなかったものの硯の三十万円は魅力的だった。もし売れば確実に十五万を響子に渡せる。残りで家賃も払って、給料で借金を綺麗にして……。

胸算用しながら、良多は思っていた。響子が結婚することになれば真悟に会えなくなるかもしれない。福住が嫌がるのは間違いない。その時、抵抗することはやめよう。なにかを諦める。過去になる勇気。

でも……、と良多は祈るような気持ちになった。

その宝くじを捨てないでくれ。たとえ、ハズレだとしても。

良多は二人の後ろ姿を見送った。だがすぐに人込みに紛れて見えなくなる。

良多は振り返り、前に歩き始めた。

この作品は書き下ろしです。原稿枚数246枚（400字詰め）。
JASRAC出1604627-601

幻冬舎文庫

●最新刊
アルパカ探偵、街をゆく
喜多喜久

愛する者の〝生前の秘密〟を知ってしまった時、人は悲しき闇に放り込まれる。だがこの街では、涙にくれる人の前にアルパカが現れ、心のしこりを取り除いてくれる。心温まる癒し系ミステリ。

●最新刊
人形家族
熱血刑事赤羽健吾の危機一髪
木下半太

異常犯罪を扱う行動分析課の刑事・赤羽健吾の前に、連続殺人鬼が現れた。犯人は、被害者に御馳走を与えてから殺し、死体をマネキンと並べて放置する。犯人の行動に隠されたメッセージを追え！

●最新刊
たった一人の熱狂
見城　徹

すべての新しい達成には初めに熱狂が、それも人知れない孤独な熱狂が必ずある。出版界の革命児・見城徹による、仕事に熱狂し圧倒的結果を出すための55の言葉を収録。増補完全版！

●最新刊
ふたりの季節
小池真理子

私たちはなぜ別れたのだろう。たまたま立ち寄ったカフェで、昔の恋人と再会した由香。共に過ごした高校最後の夏が一瞬にして蘇る。三十年の歳月を経て再び出会った男女の切なくも甘い恋愛小説。

●最新刊
わたしの神様
小島慶子

ニュースキャスターに抜擢された人気ナンバーワンのアイドルアナはやがてスキャンダルの渦に引きずり込まれ……。〝女子アナ〟たちの嫉妬・執着・野心を描く、一気読み必至の極上エンタメ小説。

幻冬舎文庫

●最新刊
先生と私
佐藤　優

異能の元外交官にして作家・神学者の〝知の巨人〟は、どのような両親のもとに生まれ、どんな少年時代を送り、それがその後の人生にどう影響したのか。思想と行動の原点を描く自伝ノンフィクション。

●最新刊
旅の窓
沢木耕太郎

「旅を続けていると、ぼんやり眼をやった風景のさらに向こうに、不意に私たちの内部の風景が見えてくることがある」。旅情をそそる八十一篇の小さな物語。沢木耕太郎「もうひとつの旅の本」。

●最新刊
貴様いつまで女子でいるつもりだ問題
ジェーン・スー

女にまつわる諸問題（女子問題、カワイイ問題、ブスとババア問題、おばさん問題……etc.）から、恋愛、結婚、家族、老後まで――話題の著者が笑いと毒で切り込む。講談社エッセイ賞受賞作。

●最新刊
ゴリラはいつもオーバーオール
渋谷直角

何気ない日常に潜む、バカバカしくも愛おしい、イビツな人々のエピソードが満載！　先入観や思い込みを捨て、何かに「気づくこと」の楽しさと大切さを再認識させてくれる珠玉のエッセイ集。

●最新刊
タックスヘイヴン　Tax Haven
橘　玲

在シンガポールのスイス銀行から日本人顧客のカネを含む1000億円が消え、ファンドマネージャーが転落死した。名門銀行が絶対に知られたくない秘密とは？　国際金融情報ミステリの傑作。

幻冬舎文庫

●最新刊
去年の冬、きみと別れ
中村文則

ライターの「僕」が調べ始めた二つの殺人事件には、不可解なことが多過ぎた。被告には狂気が漂う。しかも動機は不明。それは本当に殺人だったのか？　話題騒然のベストセラー、遂に文庫化。

●最新刊
偽りの森
花房観音

京都下鴨。老舗料亭「賀茂の家」の四姉妹には、美しく悲しい秘密がある。不倫する長女、夫の性欲を憎む次女、姉を軽蔑する三女、父親の違う四女。「誰か」の嘘が綻んだ時、四人はただの女になる。

●最新刊
心がほどける小さな旅
益田ミリ

春の桜花賞から鹿児島の大声コンテスト、夏の夜の水族館、雪の秋田での紙風船上げまで。北から南、ゆるゆるから弾丸旅まで。がちがちだった心がゆるみ元気が湧いてくるお出かけエッセイ。

●最新刊
神様が殺してくれる
Dieu aime Lion
森　博嗣

パリの女優殺害事件に端を発する奇怪な5連続殺人。現場で両手を縛られ拘束されていた重要参考人リオンは「神が殺した」と証言。手がかりは彼の異常な美しさだけだった。森ミステリィの白眉。

●最新刊
30日で生まれ変わる美女ダイエット
エリカ・アンギャル

内なる美を引き出してくれるのは、正しい食事と健やかな生活。30日間続けることで、体の中の眠った美しさが目覚め始める。美のカリスマによるプログラムで輝く体とハッピーな心を手に入れて。

海《うみ》よりもまだ深《ふか》く

是枝裕和《これえだひろかず》　佐野晶《さのあきら》

平成28年4月30日　初版発行

発行人――石原正康
編集人――袖山満一子
発行所――株式会社幻冬舎
〒151-0051東京都渋谷区千駄ヶ谷4-9-7
電話　03(5411)6222(営業)
　　　03(5411)6211(編集)
　　　振替00120-8-767643
印刷・製本―中央精版印刷株式会社
装丁者――高橋雅之

幻冬舎文庫

ISBN978-4-344-42473-9　C0193　こ-41-1

幻冬舎ホームページアドレス　http://www.gentosha.co.jp/
この本に関するご意見・ご感想をメールでお寄せいただく場合は、
comment@gentosha.co.jpまで。